Renata Erlac • Rachel gute Tochter – Das Haus am Mainufer

Renata Erlac

# *Rachel gute Tochter*

## Das Haus am Mainufer

FOUQUÉ PUBLISHERS NEW YORK

Copyright ©2011 by Fouqué Publishers New York
Originally published as *Rahel gute Tochter, 2010*
by August von Goethe Literaturverlag

First American Edition
Printed on acid-free paper

*Library of Congress Cataloging-in-Publication Data*
Erlac, Renata
[Rahel gute Tochter / Renata Erlac]
1st American ed.

ISBN 978-0-578-09039-9

# Kapitel I – Der Brief

Staubig war die Straße an diesem sehr heißen Sommertag des frühen Juli 1806 zu Frankfurt am Main. Gelber, heller, festgebackener Staub. Rachel lief über die Straße. Sie war dreiundzwanzig Jahre, hellbrünett, und ihre hellen, wachen Augen lachten. Die Häuserzeile rechts in einer gutbürgerlichen Straße am Mainufer beherbergte ihr Elternhaus. Es war dreigeschossig und vielfach verputzt worden. Das gänseeierschalenfarbene Außenmauerwerk reflektierte stark die Sonne, die vom Süden über das Sachsenhausener Ufer und den ihm vorgelagerten Main schien und erbarmungslos Hitze und trockene Luft verbreitete.

Kinder allen Alters, Buben und Mädchen, spielten längs der Straße, ließen aber die holprige Straßenmitte frei, damit die Kutschen vorbeifahren konnten. Oft tiefe Löcher furchten die Straße auf und ließen die Kutschen und Pferdefuhrwagen geräuschvoll einfahren und, bei höherer Geschwindigkeit, herauskatapultiert werden. In der Mitte der Straße zu spielen war streng verboten, daher war nur die Nähe der Häuserzeilen rechts und links den Kindern zum Spielen erlaubt und als sicherer Aufenthaltsort unterhalb der Häuser und ihrer manchmal schiefen Mauern und nach vorne gehenden Dächer beliebt. Die kleinen Buben hockten im Kreise zusammen und ließen einen bunten Holzkreisel sausen. Ein Mädchen von etwa elf Jahren malte mit Kreide auf eine Schiefertafel. Die Sonne verfing sich in seinen blonden Zöpfen und bleichte die zimtroten Schleifen.

Die windschiefen Häuserfronten schmiegten sich aneinander und schienen unter den grellen Sonnenstrahlen zu ächzen. Das Schiefergrau der Windfänge und Vordächer reflektierte das glitzernde Mittagslicht in großen, gelben Flecken. Die Hitze lag über Stadt und Fluss wie ein großer, alter Strohhut und gab den alten, meistens fachwerkgebauten Gebäuden keine Gelegenheit zum Atmen. Die Enge der kleineren Gassen hinter der Mainuferstraße und die vielen streunenden Hunde und Katzen der Nachbarschaft bezeugten eine lebendige Bewegtheit der Mittagszeit. Essensgerüche nach Kohl und Fleischsuppe durchstreiften die Straßen.

Die Kinder steckten ihre Köpfe noch enger zusammen und streichelten eine bunt gefleckte Katze, die sich das wohl gefallen ließ und lauthals miaute. Das Fenster im Hause nebenan, im ersten Stock wurde geöffnet und eine Frau von etwa dreißig Jahren mit rundlichem Gesicht warf einen kleinen Waschzuber von Lauge vor das Haus. Sie sah nach den Buben und dem Mädchen mit den Zöpfen und rief: „Kinder, das Mittagessen!" Sie sah Rachel mit ihrem freundlichen Gesicht an und sagte zu ihr: „Das Rachelche, sollst heimkommen! Die Mutter sucht dich schon."

Rachel stieg über die Pfütze, die die weißliche Lauge in der staubigen Erde hinterlassen hatte, leichtfüßig, fast wie eine Tänzerin, obwohl ihr Körper nicht zu hochgewachsen und eher schon fraulich wirkte. Sie fasste die Zipfel ihres Brusttuches mit der rechten Hand, knickste leicht vor der Nachbarin und sagte freundlich: „Grüß Gott, Frau Berlepp, und vielen Dank auch!" Dann lief sie sehr raschen Schrittes durch den kleinen Vorgarten zum Haus, ohne sich nochmals umzudrehen. Sie lief leicht nach vorne gebeugt und schien geschäftig, als ob sie die Mutter nicht enttäuschen wollte.

Während sie den mit zwei krummen kleinen Apfelbäumen etwas unsicher bepflanzten, aber grünbegrasten Vorgarten rasch durchschritt, schossen ihr gewisse Gedanken durch den Kopf, die sie beängstigten: ob es um den Vater ging? Zur Mittagszeit brachte oft ein Bote der kurmainzlichen Poststelle einen Brief für den Vater. Er korrespondierte mit seinen Brüdern im Ausland. Dieser hatte sich zunächst äußerst gegen alles Französische und gegen freiheitlich-jakobinische Gedanken verwehrt und war nun ein glühender Anhänger Napoleons geworden, dessen Truppen nicht nur die linksrheinischen Landesteile beherrschten, sondern auch fortschreitend neue Gebiete wie die kölnsche Gegend besetzten. Dies stieß natürlich nicht nur auf Zustimmung der sehr deutsch geprägten, oft bigotten Nachbarschaft, die meistens aus städtischen und Staatsbeamten bestand. Die Berlepp'schen waren höhere Lehrersleute und gegenüber verstand man sich gut mit den Mayer-Schulzes, einer zugezogenen, eher freundlich-zurückhaltenden Finanzbeamtenfamilie aus dem Kurpfälzischen. Da war sie auch gerade gewesen, weil dem „Finanz" seine Frau, wie man sie schon respektvoll in der Straße nannte, die große Käse-Späzle-Reibe von der Mutter ausleihen ließ.

Rachel betrat den von drinnen überraschend großzügigen und dunkel-kühlen Eingang des Hauses, der ein sehr langer, zu der Jahreszeit ebenso wie in den kühleren Tagen eisig düster wirkender Gang war, ohne Licht und Möbel. Er ließ aber Zugang durch viele Türen links und rechts, die, aus schwerem, dunkelbraunem Holz gezimmert, für kühle Stille sorgten. Sie öffnete rasch eine Türe nach links und betrat schnellfüßig einen verblassend veilchenblau tapezierten Salon, in dem die Mutter im leicht gestreiften Baumwollkleide und Tussor-Häubchen am runden braunen Tische saß und lesend einen kleinen Brief in der Hand hielt.

Rachel war bange zumute, sie träumte schon länger von einer Einstellung in einem hochherrschaftlichen Haushalte, als Gesellschafterin und Vorleserin, falls eine alte Dame zu ihrem Vergnügen und ihrem täglichen Zeitvertreib sich eine junge Dame zur Dienstaufnahme in ihrem oder dem Hause ihrer Kinder wünschen würde. Bereits seit längerer Zeit, seit etwa drei Monaten, ließ der Vater mündlich, aber doch ernsthaft über Freunde und einige Verwandtschaft forschen, ob und wo, bei wem ein solcher Bedarf wäre. Die politisch mehr sicheren rechtsrheinischen Gebiete und natürlich die eigene Mainumgebung würden dabei als zustimmungsfähig bis in die Würzburger Gegend im Süden von den Eltern angesehen werden. Die zu dieser Zeit durchaus für unverheiratet gebliebene ältere Mädchen konvenierende Beschäftigung einer Gouvernante musste sich „das Rachel", wie sie von der Mutter oft schnell, aber liebevoll genannt wurde, alsbald aus dem Kopfe schlagen. Sie hatte nur einige Jahre häuslichen Unterricht im schönen Lesen und Schreiben; es war keine Möglichkeit, mehr zu lernen, und sie hätte auch, weiß Gott, eigentlich früh heiraten können. Die Brüder wurden auch außerhalb des Hauses im „Jungherren-Kolleg" und zuvor auf der „Lehranstalt für Mädchen und Knaben der armen Schulschwestern" unterrichtet. Nur wenige doch schon sehr wohlhabende Familien in Frankfurt konnten sich ständigen Hausunterricht durch einen Privatlehrer leisten, wie die unweit wohnenden „Textor-von Goethes". Da war der Großvater ja noch Bürgermeister gewesen und selbst die Tochter durfte viel lernen!

Der Vater Rachels war gut gebildet, er hatte in Marburg die hohe Handelsschule für das kaufmännische Fach besucht, die Mutter des Mädchens hatte über die Talmudschule der Glaubensgemeinde und über vorzügliche Heilige-Bibel-Studien eine schöne Art des Lesens und Schriftverständnis im höheren Maße erlangt. Dieses erfreute die Rachel, ihre Mutter verstand viel vom Lesen und konnte schöne Briefe schreiben.

Das Mädchen ging großen Schrittes durch den Raum und blieb vor dem großen runden Tische stehen, dessen Platte hochpoliert war und aus bestem Nussholze gemacht. Auf dem Tische war ein fein gehäkeltes „Au-milieu"-Deckchen. In der Vase aus schwerem Kristallglase, die darauf stand, war ein üppiges Blumengebinde aus blauem Rittersporn. Der Raum war halbdunkel, die schweren samtenen Vorhänge blieben angesichts der Sommerhitze zugezogen. Kalt glänzte der Kachelofen hinter der sitzenden Mutter im Hintergrund des Raumes, grün und bedeutend schwer gemauert. Würde strahlte der Raum für Rachel aus, diese und noch die Bedeutsamkeit der „guten Stube", des Visiten- oder Besuchs-Zimmers ihrer Eltern.

Die Blicke der Mutter und des Mädchens trafen sich. Die Mutter, eine schon ältere Frau von weit über fünfzig Jahren, hatte ein weiches Gesicht und grau durchwachsene, locker hochgebundene Haare. Sie wirkte mit ihrem mütterlichen, gedrungenen, etwas zu kurzen Körper, einer erfahrenen Ehefrau und Mutter gleich, ohne große Interessen an äußeren Begebenheiten und Geschehnissen, die nicht unmittelbar ihre eigenen Familienangehörigen betrafen. Ihre grauen Augen betrachteten ruhig und aufmerksam das Mädchen. Sie blickte leicht auf und sah ihre Tochter sehr ruhig an. Rachel pochte das Herz heftig in der Brust, sie suchte nach Worten: „Mutter, liebe Mutter, Sie suchen nach mir!", sagte sie aufgeregt nach einer längeren Weile. Die junge Frau, die sie schon längst war, wurde da erneut vollkommen zum Kind, zu einer meistens nur gehorsamen und immer an die Wünsche der eigentlich strengen Eltern angepassten, unterwürfigen Tochter. Ihre Stimme zitterte, als sie diese Worte sprach, sie traute sich aber nicht, nach dem Absender oder gar dem Inhalte des Briefes von sich aus, so sie alleine, als Erste, die Mutter zu fragen. Dies hätte nicht von gebührendem Respekt gegenüber der Mutter gezeugt!

Die Mutter sah sie mit großen Augen an und gab ihr bedeutungsvoll den Brief in die Hand zum Lesen. Rachel setzte sich der Mutter gegenüber und fing an, laut zu lesen:

„Lieber verehrter, alter Freund!

Ich schicke Dir kurze Notiz von den Begebenheiten, die mir neulich auf meiner Italienreise passiert sind, als ich bei Triest über die Grenze in die Habsburgerischen Lande, nämlich nach Istrien, im Kroatischen bereits, gereist bin.

Zuallererst erhoffe ich herzlichst und Dir in alter Marburger Schultradition eingedenk, dass Du und die gnädigste aller Frauen wohlauf seid und die Kinderschar für Dich und die gnädige Frau Bankier und Privatier von R. zum gedeihlichen Ansehen dienen möge.

Du weißt ja sicherlich noch, alter Studienkamerad, dass ich Ende des letzten Jahrhunderts im Zuge und als Ausdruck meiner Italienbegeisterung, zu einer schönen Art der Erdgeschichten- und Naturbetrachtung von frühester Jugend an erzogen, die Ruinen- und Antikenforschung zum redlichen Zeitvertreib immer vorangetrieben habe. Mögen wir es den Herren Winckelmann und Goethe nicht auch gleichtun dürfen und Italien, dieses klassische Land, zum Zwecke der Geistesbildung besuchen können?

In Istrien wurde ich äußerst angenehm aufgenommen und lernte durch die Herzlichkeit der die deutsche Sprache oft sehr liebenden

Kroaten ungesehene Naturwunder und antike Städte von magischer Bedeutung für die Kunst kennen. So lernte ich beim Besuch der Grotten im Karstgebirge eine unterirdische Welt kennen, wie ich sie sonst nur in dem einzigartigen Anblick der blauen Grotte von Capri an der Küste von Amalfi bewundern und meinem Schöpfer auf das Innigste lobpreisen durfte!

Dort, im Lande der unterirdischen, plötzlich wie ins Nichts versinkenden Flüsse, lernte ich einen reizenden noch jüngeren Herrn von fünfunddreißig Jahren kennen, der mir in vorzüglichem Deutsch die Schönheiten und Wunder dieses gottgegebenen Landstriches zu erklären vermochte. Er hielt lebhaften Briefverkehr zu einem Heidelberger Freund und wollte demnächst diesen Herrn und unsere schöne Rheingegend, von der er so viel Gutes und Löbliches gehört hatte, besuchen kommen.

Und nun zum Wesentlichen: Dieser Herr von E., ein offensichtlich hochgebildeter und vorteilhaft wohlerzogener Aristokrat, dessen Vorfahren Wiener Hofbauarchitekten waren und der es sich leisten konnte, offensichtlich unbekümmert von seiner Tuchmanufaktur im kroatischen Varaždin zu leben, erklärte mir frei heraus, er würde gerne heiraten wollen und wünsche sich mit einem Mädchen aus den deutschen Landen ehelich zu verbinden, auf Anraten seiner hochwohlgeborenen Familie.

Ich konnte diesem Herren von Deiner lieben Tochter Rachel erzählen, die eine Gesellschafterin in einem guten Hause werden wollte. Herr von E. nahm diese Kunde sehr hochinteressiert auf und zeigte sich, nach einer kurzen Beschreibung des Fräulein Rachel meinerseits, auf das Angenehmste betroffen und er bat mich, der allerverehrtesten Familie des lieben Fräulein Rachel, wie er sich ausdrückte, seine Komplimente und die Absicht, sein Junggesellendasein auf das Baldige zu beenden, zu unterbreiten.

Daher, lieber Freund, auf ein baldiges Wiederhören voneinander und hoffentlich auch ein gutes Wiedersehen in meinem Marburger Hause. Wenn ich von dieser weiten Reise gut zurück bin, sende ich Dir Post von mir.

Mit Herrn von E. bin ich in weiteren Korrespondenzen verblieben.

Dein Freund: Claudius B."

Rachel blickte auf; ihr Herz schien vor Rasen zu springen. Sie sah die Mutter an und war froh, dass es für diese selbstverständlich war, die private Post ihres Ehemannes zu öffnen!

# Kapitel II – Der Kirchgang

Da man samstags, am Sabbat, wie es sich für fromme Juden gehörte, gerne mit der ganzen Familie in die Synagoge ging, pflegte die Mutter doch noch am Sonntag desweilen in die lutheranische Kirche zu gehen. Ihre Mutter, die aus der Ulmer Gegend stammte, Rachels Großmutter, war eine kluge, schöne Halb-Hugenottin gewesen, deren Familie als vertriebene Glaubensflüchtlinge aus der Provence, aus Salon, wo der große Magier und Hellseher Nostradamus herstammte, in das Schwäbische zugezogen war. Der Großvater war ein äußerst toleranter und den christlichen Ideen aufgeschlossener Tuchkaufmann und in späteren Jahren erfolgreicher Schneider, selbst am Hofe in Ludwigsburg. So kam es, dass Rachels Mutter die christliche Messe verehrte und ihre Kinder es ihr bald gleichtaten.

Da die Woche über, nach Eintreffen des Vaters zurück aus Finanzgeschäften in der Gegend, eine rege Geschäftigkeit der Eltern die eigentliche Bedeutsamkeit des Briefes aus der Ferne des guten Studienfreundes des Familienvaters zu überdecken vermochte, war es der Mutter nach der kühlen Abgeschiedenheit der Kirche gewesen. Sie nahm das Rachelche mit, das die Gelegenheit nutzen wollte, allein mit der Mutter die Möglichkeit und Wahrscheinlichkeit der im Briefe vorgezeichneten Ereignisse mit dieser zu besprechen. In der Gegenwart des Vaters wäre dies unziemlich gewesen, da eine unverheiratete Tochter ohne Bräutigam, und dann noch im höheren Mädchenalter, es nicht aussprechen durfte, dass sie gerne heiraten würde. Diese Hypothese gehörte sich nun mal nicht und Rachel war gestern, am Sabbat, mit den Eltern und zwei ihrer Brüder in der Synagoge gewesen.

Während die Männer vorne im hallenartigen Raume in den Bänken dicht gedrängt und schwarz behütet saßen, lauschten sie den tiefen, sonoren hebräischen Stimmen der drei Rabbiner, die aus den

13

alten Thorarollen die Psalmen lasen. In sich gekehrt und tief nach vorne gebeugt, atmeten die Männer kaum und ein schwacher Lichtstrahl durchbrach über die obere Empore die durchgehende, tiefe Ehrfurcht einflößende Halbdunkelheit des heiligen Raumes. Die Frauen und Mädchen konnten auf der Empore Platz nehmen und durften so der sakralen Gebetshandlung aus gebührendem Abstand zusehen.

Rachels Mutter suchte immer die erste Reihe der Empore auf und kam daher gerne früher, um für sich und ihre Tochter den besten Platz zu bekommen. Sie war von einer tiefen Sehnsucht nach Gottesnähe ihr ganzes Leben getrieben und beneidete die Männer, die unmittelbar der Entnahme der Thorarollen und ihrer Entfaltung zusehen konnten.

Schön war es auch, wie der helle Lichtstrahl, wie vom Himmel her auch, wie ein schräger Pfeil die Dunkelheit durchbrach und in dieses beinahe tempelartige Gebäude das Licht brachte, das sich genau und nur auf den ersten Rabbiner der Gemeinde richtete, der die Hände zum Gebet hob, die Handflächen nach oben zeigend. Das Licht verfing sich in seinem langen, rotblonden Bart, feiner Staub schien um seinen hohen, schlanken Körper in dem langen Gewand aus schwarzem Wolltuch nach oben zu steigen, er sagte heilige Sätze, in Hebräisch, einer Sprache, die Rachel nicht verstand. Dieser Anblick des aus dem Polnischen stammenden, noch jungen Rabbiners brachte die Rachel zum Träumen, so dass sie sich für einige Augenblicke forttreiben ließ in ihre ureigensten Fragen, in diesen beinahe schon süßen, nur ihren, geheimen bohrenden Schmerz ihrer ungefragten Worte und verborgenen Probleme.

Eine große einzige Frage drängte sich ihr auf und ließ ihre Seele erzittern: ob ER so schön war? Ja, er stammte aus dem Kroatischen, dort unten mehr am Globus, am fernen Mittelmeer!

Ein Mann, der so schöne Dinge tat, wie sich mit der wissbegierigen Art eines Reisenden in fernere Gegenden zu begeben, als nur in der Nähe der wohlbekannten, seiner Heimat, zu bleiben, und dann noch von so sehr weit her ein deutsches Mädchen als Ehefrau zu suchen, dieses war ganz gewiss ein sehr feiner und wohlhabender Herr. So sah man es auch schon bei der Familie Textor und dem Schwiegersohn von Goethe, die als reiche, bedeutende Herren eine von ihrem Vater sehr genau erklärte Sehnsucht geradezu nach dem fernen Italien pflegten.

Die Familie hatte unweit ihres Elternhauses am „Großen Hirschgraben" eine schöne Wohnstätte und der junge Herr Goethe war als Dichter bekannt geworden. Vater sagte: „Er hatte schon ziemlich undeutsche und gepfeffert exotische Gedanken, war aber in der Mode der Zeit." Auch seinen Freund Claudius B. bezeichnete der Vater als „wohl zu reich und mit den eigenen querulantischen Ideen ausgestatteten Lebemann, als dass es ihn nur in dem beschaulichen Marburg halten konnte!"

Ob er auch von schöner Gestalt war, dieser noch junge Herr von E., ob er ein schön geformtes Gesicht hatte? Dieses und noch so viel mehr zu seiner ihr noch gänzlich unbekannten Person hätte sie so gerne auch die Mutter gefragt. Sie nahm es sich vor und wählte dafür den morgigen Sonntag, da heute die Familie, die im Elternhaus in Frankfurt weilte, anwesend war und die Mutter immer streng das Redeverbot am jüdischen Sabbat durchzusetzen suchte. Die Mutter hatte den Wunsch, die frühe heilige Messe am Sonntagmorgen in der Begleitung Rachels aufzusuchen, bereits ausgesprochen. Als der Brief zu Anfang der Woche angekommen war, hatte die Mutter alle Fragen Rachels aufgehalten und nach deren lautem Vorlesen des Briefes gesagt, sie werde jetzt nicht mit der Tochter den Brief diskutieren, sie warte auf den Vater und werde mit ihm das Geschriebene alleine durchsprechen. Rachel solle sich vollkommen raushalten, dies wäre so alleinige Sache der Eltern.

Eigentlich hatte Rachel alle Hoffnungen auf eine Heirat schon längst begraben. Sie war schon über die Jahre gewechselt und in ein Frauenalter gekommen mit ihren dreiundzwanzig Jahren. Rachel war kein „schönes Mädchen" in einem herkömmlichen, gebräuchlichen Sinne ihrer Umgebung. Da war die Meinung der Menschen ihrer damaligen Zeit und ihrer eigenen Familie zu eindeutig. Die schönen

Mädchen waren bekannt und ihre sechs Brüder wussten sie immer recht genüsslich mit Namensnennung aufzuzählen. Einige wohlhabende Töchter des in Frankfurt oft schon sehr undeutsch dem Prunk zugetanen Großbürgertums waren dabei, aber auch schöne jüdische Mädchen, Kaufmannstöchter aus dem Städel, hinter dem Domgelände. Aus ihrer Sicht war es doch schon selbstverständlich, dass die adeligen Mädchen in der Stadt und der Umgebung an Rhein und Main nicht nur schön, sondern auch besonders gebildet waren. Sie durften schon einiges und hatten Privatunterricht, wovon Rachel immer nur träumen konnte. Sie putzten sich heraus, mit Reifröcken und Bändern nach den neuesten französischen, ja sogar Pariser Moden und fuhren in teuren Equipagen und offenen Kutschen oft an ihr vorbei am Mainufer zur Promenade aus. Sie beachteten niemand, hielten ihre feinen Nasen oft hoch und nahmen eine vornehme, aufrechte Haltung ein, was alle Aufmerksamkeit auf sie lenkte und die bewundernden Blicke der Zuschauer. Außerdem trugen diese adeligen Fräulein schönste Strohhüte, garniert mit bunten Seidenbändern und oft mit Garnituren aus Seidenblumen oder künstlichem Obst! Sie wünschte sich nichts so sehr wie so einen „Florentiner-Hut" nach der italienischen Mode, aber ihre Mutter hielt diesen Wunsch für zu hoffärtig, obwohl der Vater, vom Stande der Familie her, ein angesehener Bankier war und die Mutter es durch äußerste Sparsamkeit und akribische Haushaltsführung zu einem ansehnlichen angesparten Vermögen für die Familie gebracht hatte. Sie hatte durch geschickte Änderungen der Garderobe ihrer Mutter schon gute, meist doch farblich sehr gesetzte und dabei reinwollene Kleider, die sich für ein feines Fräulein zum Verlassen des Hauses ziemten. Nach unbedingter Vorgabe der Eltern, die schon recht streng ihr Verhalten taxierten und sie bei Nichtgefallen des Öfteren zurechtwiesen, war ein anständiges Mädchen nicht auffällig ausgestattet. Dies bezog sich nicht nur auf die Stoffe und Farben der Kleider, sondern auch auf ihre Schnitte: Schlicht und nicht zu drapiert oder gar plissiert sollten die Röcke sein und ein züchtiger Ausschnitt, ohne Dekolleté, mit einem Brusttuche noch mehr verdeckt, gehörte zu einem offensichtlich anständigen Mädchen, genauso wie ein stets züchtiger Blick! Dies zählte nicht nur nach Verlassen des Hauses zu den Befehlen für ihr Verhalten, die ihr die Mutter gegeben hatte; nein, auch innerhalb des Hauses, vor dem Vater und den Brüdern, musste Rachel sehr achten, dass ihr Körper nicht durch unbedachte Bewegungen oder Handlungen entblößt wurde. Ebenso wenig durften die männlichen Familienmitglieder, auch mit einer Ahnung nicht, merken, wenn sie ihre monatlichen Probleme bekam. Das war für eine anständige Tochter und Schwester so und das hatte ein, so die Mutter wörtlich, „absolutes Tabu!" zu sein.

Wie oft verkamen die Sitten sogar so weit, klagte die Mutter, „dass man die Grenze, Gott behüte, zum Inzest" überschritt! Man munkelte damals, so wusste die Mutter zu berichten, dass bei den von Goethes, am Hirschgraben, die zwei Kinder, er, der junge Dichter, und „seine wirklich rein vom Äußerlichen her nicht vorzeigbare Schwester ein sonderbares Lieb-Tun und Vorspielen auch vor anderen Leuten von quasi Liebesleute-Geplänkel" machen durften. Die gute Cornelia Goethe war der Mutter vom Sehen und Grüßen gut bekannt, sie heiratete, unter dem Stande, einen gewissen Herrn Hofraths- und Landschreiber Johann Georg Schlosser und „Gott hab ihre Seele selig!", sie verstarb im Alter von nur sechsundzwanzig Jahren, damals schon früh, im Sommer 1777 in Emmendigen, am südlichen Oberrhein im Breisgau, nach der Geburt ihrer zweiten Tochter. „Wie diese Kinder aufwuchsen, bemerkte damals ein jeder, der Herr von Goethe war als hoher Beamter in eine große Mitgift der Bürgermeistertochter geraten und baute sein Vermögen noch aus", betonte die Mutter Rachels. Sie würde ihre Kinder bestimmt sehr lieb haben, aber eine jede Ausformung von wörtlich „Affenliebe", käme bei ihr nicht infrage.

Während die Brüder die ersten Kindheitsjahre mit ihrer Schwester, die zum einen älter war als die jüngsten drei und zum anderen dann auch die jüngere, „kleine Schwester" der ältesten drei Brüder war, in trauter Geschwisterliebe verbrachten, änderte sich ihr Verhalten mit zunehmender Adoleszenz und Reife. Dieses war auch so gewollt durch die Eltern, da die jungen Herren sich sehr frühzeitig mit

„dem Ernst des Lebens" und mit „einem gedeihlichen Broterwerb"
beschäftigen sollten. Die Brüder erreichten einen recht hohen Bil-
dungsstand, lasen viel, auch aus dem beachtlichen Bibliotheksbe-
stand des Vaters, der schon in frühen Jahren das Sammeln von Büchern begonnen hatte. Die Bücher, die Rachel lesen durfte, wurden
durch die Eltern und auch zunehmend durch die Brüder bestimmt
und besprochen, es wurde ihr nur schöne Literatur zur Verfügung
gestellt, so, wie es sich gehörte, eigentlich nur „Belletristik". Alle
Bücher über Naturbetrachtung, Chemie und Medizin waren ihr verboten worden. Sie durfte sie nicht aus den Bücherregalen nehmen,
wenn sie beispielsweise die bis unter die Decke reichenden Bücher-
schränke im Arbeitskabinett des Vaters abstauben musste.
Einmal war Rachel am Bücherregal und sah das aufgeschlagene Bild
eines großen Vogels, den man am Amazonas, in Südamerika gefunden hatte, so stand es da. Aber er war dann ohne Federn darge-
stellt und dies tat ihr auch weh, sie fragte sich lange, wie man einen
so großen Vogel getötet hatte, um die Knochen alle zu sehen. Sie
durfte dagegen mit ihrer Mutter und den jüngeren Brüdern schöne farbliche Zeichnungen von Blumen und Obst betrachten, dieses
hatte eine Dame, eine Frau Merian gemalt, es sah so echt aus. Die
Mutter sagte, diese Dame wäre ein sehr großes Talent gewesen, ein
Jahrhunderttalent. Rachel bildete kein großes Talent im Zeichnen
aus, genauso wenig bei der Stickerei, sie blieb nicht lange bei einem
begonnenen Werk, sehr zum Leidwesen der Mutter, die eine vor-
treffliche Spitzenklöpplerin war.

So spazierte sie Sonntagmorgen mit der Mutter zur Kirche. Ihre
Mutter fing urplötzlich an, sie herauszuputzen, achtete wie noch nie
darauf, dass ihre Kleider gewaschen waren und geplättet, wählte für
sie ein „champagnerfarbenes Sommerkleid", das sie zur Verlobung
ihres Bruders Heinrich letztes Jahr genäht bekommen hatte. Sie
durfte auch den Granatschmuck ihrer Großmutter mütterlicher-
seits aus dem Schwäbischen anlegen, so dass sie anfing, sich hübsch
und innerlich selbstsicher zu fühlen.

Rachel ging mit der Mutter langsamen Schrittes über den Römer, wo schon eine Menge Leute, wohl im Kirchgang unterwegs, versammelt war. Das Häuserkarree aus altehrwürdigen Frankfurter Fachwerkgebäuden zeugte von einer bildhaften, noch lebendigen Vergangenheit des Mittelalters, die aus Rachels Sicht angenehme Behaglichkeit und Tradition verströmte. Sie fing an, sich sehr wohl und auf eine bis dahin nicht gekannte Weise beachtet zu fühlen. Der Brief hatte ihre Gedanken und Gefühle nicht nur aufgewühlt, sondern auch ein erhebendes Gefühl verursacht: Durfte sie als Mädchen und Tochter, als oft unbeachtete Schwester so doch rein beinahe gar nichts neu beginnen oder von sich aus ansinnen, so begann sich in ihr eine Ahnung von anderer Eingebundenheit in andere Lebensformen erneut zu regen.

Es sprudelte aus ihr heraus, als sie stehen blieb und die Mutter aus nächster Nähe beinahe flehentlich ansprach: „Siehst du wohl, Mutter, wie gut es doch war, dass der Vater für mich um eine Stelle als Gesellschafterin suchen ließ! Glaubst du auch, dass es eintreffen wird, dass der Herr von E., wie es Herr B. geschrieben hat, sich noch bei Euch wegen mir meldet?"

Ihre Mutter war sehr ruhig und es schien so, als ob sie mit dieser Frage ihrer Tochter gerechnet hatte. Sie nahm ihre Hand und streichelte sie, dann sagte sie, sehr ernst und mit großem Nachdruck: „Meine liebe Rachel, dieses ist eine sehr große und gute Gelegenheit für dich, es hört sich vorerst als ernsthafte Partie an. Wenn Gott es will, dann kannst du auf eine Ehe kommen. Dein Vater und ich halten sehr viel auf die Menschenkenntnis des Herrn B."

## Kapitel III – Der Besuch

Eine lange nicht empfundene Behaglichkeit der Empfindungen, aus der Kinderzeit verdrängte einfühlsame Glücksempfindungen von Geborgenheit und Zuhausesein kamen in den nächsten Tagen bei Rachel auf. Da ihre Mutter dies ahnte und sie die Tochter öfters ermahnen musste, nicht zu träumen und ihre Pflichten zu erfüllen, sorgte sie auch für deren umfangreiche Beschäftigung! Da es bei der Familie von R., die schon immer gut situiert war, eine erfreuliche In-den-Adelsstand-Erhebung, wenn noch immer auch den Niederen, gegeben hatte, hätte man eigentlich davon ausgehen können, dass eine Baronin von R. eine gute Menge Gesinde oder Hauspersonal besaß.

Die von R.s waren eine äußerst strebsame und brillant intelligente uralte jüdische Familie von Kaufleuten und schon länger, und dies sehr, in der herrschenden Fürstenschicht so bekannt, als sehr zuverlässig und in Geldgeschäften korrekt bemessend und eigentlich niedrigzinsnehmend angesehen. Man hatte schon im Hochmittelalter ein gutes Händchen für Geldverleihergeschäfte gehabt und an dem aufblühenden Handel der Großkaufleute und ihren europaweiten Geschäftsbeziehungen teilgenommen. Der Handel mit Italien und den Niederlanden, Salz- und Gewürzwarengeschäfte sowie Teilnahme und Kreditvergabe für die immer zahlreicher werdenden jüdischen und christlichen Tuchhändler hatten ihr Gutes bewirkt und den Vater Rachels zu einem wohlhabenden Manne gemacht. Man erzählte sich in diesen Zeiten in Frankfurt, dass ein höher-adliger Souverän in Mainz und auch ein adeliger Herr in Köln beinahe bankrottiert hätten und auf einem hohen Schuldenberge sitzend die zuvorkommende, schon beinahe gänzlich uneigennützige Art des Herrn Bankiers R. kennen gelernt hatten; auf diese Weise wäre es über Empfehlungen und Wohlgesinnen möglich gewesen, sich einen Adelstitel für die gesamte Familie zu beschaffen.

So war das Elternhaus Rachels auf das Angenehmste geräumig und es fehlte den Kindern an nichts. Trotzdem war es sehr spürbar, dass das angesehene Vermögen des Ehepaares von R. in dieser ihrer Generation in diesem ansehnlichen Ausmaße entstanden war. Um es genau zu präzisieren, so war es doch die Mutter Rachels, die es zu einem sagenhaften Rufe als sehr gute Hausfrau „alten Schlages" erst mal gebracht hatte. Sie war es, die ihren Ehemann auf eine manchmal auch etwas zu herrische Art anhielt, sich wirklich mit Leib und Seele den Geldgeschäften zu widmen, und die ihm aber auch jegliche Last und Sorge um die Dinge des alltäglichen Lebens abzunehmen bestrebt war. So war ihre schwäbisch-hugenottische strenge eigene Erziehung gewesen und so hielt sie es auch im eigenen Hause und Ehestande ab. Geflissentlich war sie allezeit bestrebt, die Kinder alleine zu erziehen und sie dem Vater nur als hochdisziplinierte, gehorsame Kinder zu präsentieren. Das Laute, allzu Lebhafte und die Marotten der Buben sollte nur sie zu Gesicht bekommen. Der Vater dagegen blieb auf diese Weise ein mit Distanz und Respekt allezeit auch gefürchteter „pater familiae", ein geachteter Familienvater, mit einem oft zu despotischen Auftreten.

Die Mahlzeiten wurden in der lang gestreckten Küche im Erdgeschoss zum Garten eingenommen, die noch einen Kellerbereich zugängig machte und mit einem Souterrain ein kleines Untergeschoss besaß, wo die Fässer mit hauseingemachtem Sauerkraut und diverse Rübengemüse, meistens schon fein säuberlich gerieben und eingesäuert, gelagert wurden. Der Vater weigerte sich, mit der für seine Begriffe oft zu sehr lärmenden Kinderschar zusammen zu essen, er aß sehr gerne allein und hielt sich äußerst gerne in seiner umfangreichen, beinahe zweitausend Bände umfassenden Bibliothek auf. Er beschäftigte sich hier gerne mit seinen Bilanzen und er sammelte auch gerne nachmittags die Bubenschar um sich, um sie bei ihren Hausaufgaben und häuslichen Studien zu kontrollieren.

Während andere gut gestellte Frankfurter Damen wie die Frau Rat von Goethe über eine Köchin und meistens noch zwei Mägde „befehligten", begnügte sich Rachels Mutter mit meistens nur einem Mädchen, das viermal die Woche ganztags vom Lande ihr zur Haushaltshilfe kam. Das Besondere an ihrer Haushaltsführung war, dass sie sich, schon wegen ihrer äußerst fleißigen akkuraten schwäbisch-hugenottischen Erziehung, das Zepter nie aus der Hand nehmen ließ. Außerdem war es ihr aus erzieherischen Gründen besonders wichtig, ihre einzige Tochter zu jeglichen Haushaltsarbeiten von Kindesbeinen an intensiv heranzuziehen. Die Mutter Rachels betrachtete die große Küche im Untergeschoss als ihr absolutes Reich.

Während man in Frankfurt in den allermeisten Häusern das täglich benötigte Wasser aus einem der Gott sei Dank doch zahlreichen öffentlichen Brunnen holen musste, war das in ihrem eigenen Haushalt nicht nötig. Das Haus besaß einen eigenen Brunnen im Keller, der über eine Wasserpumpe in der Küche ständig fließendes Wasser ermöglichte. Da die Mutter keine Köchin einstellen wollte, verbrachte sie die allermeiste Zeit des Tages in der Küche, die Wangen ständig gerötet von der offenen Glut des Feuers. Der große, uralte gemauerte Herd aus dem 16. Jahrhundert in der „Nürnberger Art" war ausladend und offenbar wie für die Ewigkeit gemacht. Die sehr aufwendig zubereiteten Speisen konnten auf diesem über der Glut oder offenem Feuer auf der Platte gebraten oder gekocht werden. Dies dauerte oft Stunden und da mit dem „auf den Punkt Mittagsläuten" für den Vater auch das Mittagessen auf den Tisch gebracht werden musste, war es auch notwendig, am Morgen auf die Minute genau um acht Uhr auf den Markt zu gehen. Die Mutter bestand dabei immer auf der Begleitung durch ihre Tochter, da sie den Haushalt nicht nur erlernen, sondern ihr auch behilflich sein musste, die schwer gefüllten Flechtkörbe zu tragen. Außerdem wäre lange in den Tag schlafen nie für sie als Tochter erlaubt gewesen, sie wurde immer schon an ihre fest zugeordneten Aufgaben herangeführt. Rachel musste den kleinen Nutzgarten hinter dem Hause bewässern und den gut gefüllten Kaninchenstall sauber halten.

Aber jetzt, seit der Brief gekommen war, um den sich nicht nur die Hoffnung Rachels auf eine unvorhergesehene reiche Verehelichung spann, sondern der auch die häusliche Monotonie durchbrach, mit

fremden, innovativen Fäden des Schicksals, neue Gebilde zu Luft-
schlössern webend, bekam die Ordnung einen Riss. Rachels Mutter
wurde äußerst kritisch, noch mal mehr übergenau und konzipierte
von sehr früh bis sehr spät, oft bis zehn Uhr abends, genaueste Putz-
pläne für ihre Tochter. Rachel musste groß-reinemachen, obwohl
der Frühjahrsputz noch nicht sehr lange her datierte und das gesamte Haus beinahe schon fehlerfrei blitzeblank war. Die große Wäsche
wurde noch mal gemacht, dies konnte bei einigem Aufwand mit
der Magd über vier Tage gehen. Da wurden alle Überwürfe, Gar-
dinen und die Bettwäsche nicht nur gewaschen, sondern auch die
Weißwäsche gekocht und gepresst. Unter solchem Aufwand verließ
die männliche Verwandtschaft sehr gerne das Haus und bezog auch
gerne anderswo, auf dem Land oder in einem Haus der Verwandtschaft, Logis. Bei der großen Wäsche, die viermal im Jahr gemacht
wurde, ging es auch nicht anders als bei den benachbarten Textor-
von Goethes zu, die auch nur drei- bis viermal im Jahr große Wäsche machten. Aber Wäsche hatte man schon sehr viel, da alles
mindestens in einem, wenn nicht im Doppel-Dutzend angeschafft
wurde. Diese großen Wäschekonvolute entsprachen auch günstig
dem Inhalte der „Frankfurter Schränke". Die Familie besaß zwei davon, sie waren, hochpoliert, der Stolz der Hausfrau!
Dieses Regime hatte die Mutter schon nunmehr seit drei Wochen,
seit Eintreffen des Briefes an ihren Ehemann, geführt. Ihr Verhalten
konnte sie gegenüber der Familie sehr genau damit erklären, dass
es, weiß Gott, auch doch so zugehen konnte, dass dieser junge Herr
von E., aus dem kroatischen Varaždin, vollkommen unangemeldet
bei den Eltern vorsprechen konnte. Eigentlich ging sie, für die ganze
restliche Familie aus trotzdem unerklärten Gründen heraus, von einer unangemeldeten Visite dieses Herrn aus. Sie meinte, er müsste
eigentlich, nach den doch recht kurzen Erläuterungen des Herrn B.,
recht verwöhnt und sicherlich auch schon erheblich arrogant sein,
schon als Sprössling einer so reichen, hochwohlgeborenen Adelsfa-
milie aus dem vornehmen Wien.

Es war Ende Juli und noch immer äußerst heiß in Frankfurt. Rachel musste, die genauen Anweisungen ihrer immer geschäftigen Mutter befolgend, blaue Beerenmarmelade am frühen Morgen einkochen. Die Mutter beschäftigte sich mit einem – wieder mal – ordentlichen Mittagessen für ihren etwas despotisch-nervösen Ehemann, der die neuesten vier letzten Waschtage mit ständigem Murren und Klagen über unerträgliche Kopfschmerzen noch schwieriger gemacht hatte, als sie ohnehin vom Arbeitsaufwand her waren. Die überheiße dunkelblaue Masse warf ständig Blasen und kochte zu stark. Sie bespritzte den alten Nürnberger Herd und das helle Hauskleid Rachels in einem ungewöhnlich hohen Maße. Rachel war es nicht gelungen, das Feuer zu regeln. Sie hatte eine innere Scheu vor Feuer und konnte weder gut welches im Ofen noch im offenen Kamin auf der „Beletage" im ersten Stock entfachen. Ihre Mutter wurde zusehends sehr nervös, fuhr Rachel an, sich nicht so anzustellen, sie könne ihr auch nicht die ganze für sie allmählich zu schwere Küchenarbeit überlassen. Als die Luftblasen in der stark aufkochenden Blaubeermarmelade immer größer wurden, übergab die Mutter den hölzernen Kochlöffel an die Magd. Sie schickte Rachel aus der Küche hinaus: Nun gab sie ihr die Anweisung, die vier großen Laternen zu reinigen, die beim Ausgang in der Dunkelheit in Frankfurt laut Ratsverordnung von allen Bürgern benutzt werden mussten. Sie standen üblicherweise immer gut geputzt in Reih und Glied in der Küche auf den dunklen Kacheln am Boden, zum Gartenfenster, neben dem großen Küchenschrank. Rachel durfte bei Dunkelheit selbstverständlich nie alleine, ohne die Begleitung der Familie, aus dem Hause. Die Lampen standen für den Vater und die Herren Brüder bereit, die gerne, wie für Männer üblich, auch des Nachts die Weinstuben und Wirtshäuser besuchten. In der geselligen Herrenrunde auch politische Themen zu diskutieren war sehr beliebt und die Liebe zum Kartenspiel gehörte schon zum guten Ton im äußerst gut-bürgerlichen Frankfurt. Vater ging auch gerne in Begleitung einiger Vettern in die Sachsenhausener Weinwirtschaften, wo es „politisch hoch herging", wie er es gerne zu seiner Ehefrau meinte. Einige Bürger waren dabei für die „französische Sache", hegten revolutionäre Gedanken oder befürworteten gar einen Anschluss an die Franzosen. Eigentlich musste jemand, der deutsch dachte, auch selbstverständlich auf der Seite Preußens stehen. Rachels Vater hielt sich, nach seinen Erzählungen vor seiner Familie, in der Öffentlichkeit eigentlich mit politischen Äußerungen sehr zurück und überließ den anderen die große Rede.

Rachel wollte eigentlich in den Garten, nach hinten, aus der Küche hinaus, aber ihre Mutter meinte streng, dass dort die Bettwäsche im Grase in der Sonne bleichte und sie unbedingt zum Polieren der Messinglaternen in den Vordergarten, zur Straßenseite hin, gehen sollte, um die Leinentücher nicht zu beschmutzen. Die Mutter rief noch hinter ihr her: „Rachelche, dass du ja nicht meckern tust, weil wir dich heute so beschäftigen, solltest mal sehen, welch frische Wangen du bekommen hast!" Die junge Frau, die sie war, war immer sehr eitel gewesen, so dass sie es sich nicht nehmen ließ, sich im Durchgang von der Küche zum großen Hauptgang im Spiegel zu betrachten. Sie gefiel sich auch sehr gut, sie hatte die langen Haare heute ausnahmsweise mit einem Locken-Onduliereisen in der allerersten Frühe frisiert, was ihr neben der Tatsache, dass sie auch sichtbar abgenommen hatte im Zuge der in den letzten drei Wochen anhaltenden geschäftigen Sommerputzarbeiten ihrer Mutter, sehr gut stand. Sie sagte noch im Hinausgehen: „Ach, wie bin ich heute froh gelaunt!", wobei sie jeweils zwei Laternen in den Händen trug. Sie schwang sie beim Gehen und hüpfte tänzerisch beschwingt den langen dunkel-kühlen Korridor entlang, bis sie unbemerkt der zwei von draußen eintretenden jungen Herren kurz vor dem Eingangsportal zum Stehen kam. Sie wollte sich daranmachen, die Türe zu öffnen, die von innen zumindest immer mit einem schweren Eisenriegel zugemacht war, wenn nicht auch verschlossen, wobei der Hausschlüssel neben der Türe rechts auf einem kleinen Fensterbrett abgelegt wurde.

Das vernebelte, dunstige Mittagslicht, das sie am Ende des Ganges empfing, konnte nicht nur von den zwei kleinen Fenstern links und rechts der Eingangstüre sein!? Sie sah, wie aus einem Traume erwachend, dass die Türe bereits geöffnet worden war. Während sie zum Stehen kam und die letzten wenigen Schritte bis zur Türe langsam, erneut ging, wurde sie erst der eintretenden zwei jungen Herren gewahr. In dem Herrn zur linken Seite erkannte sie beim Nähertreten ihren jüngsten Bruder, der im „Bankhaus von B." seine Ausbildung in der Banklehre machte. Der andere Herr war von einer feinen Erscheinung, äußerst elegant gekleidet, und hielt ein großes weißes Blumengebinde in der linken Hand, während er in seiner rechten Hand einen Zylinderhut und Handschuhe trug. Er sprach mit Rachels Bruder Französisch und beide Herren lächelten, voneinander offensichtlich angenehm angetan.

Rachel hatte die Laternen bereits auf dem Korridorboden abgelegt, um die große Eingangstüre bequem öffnen zu können, weil sie der beiden eintretenden Gestalten erst spät gewahr wurde. Ihr Herz machte einen großen Hüpfer, als sie in dem unverhofften Besucher den schon seit Wochen ersehnten fremden jungen Herrn erblickte. Sie errötete sehr verlegen und fing an, ihre rechte Hand an dem schon vom heutigen Hausputz arg befleckten Schürzenkleid abzuwischen, ahnend, dass sie dem fremden Herrn zur Begrüßung die Hand reichen musste. Rachels Herz pochte rasend, als sich der junge Herr, der den Blick nicht von ihr abwenden wollte, ihr entgegenbeugte, und er, der entscheidend größer als sie war, mit einer äußerst vornehmen Verbeugung den Blumenstrauß in die linke Armbeuge verbrachte und den Zylinder und die Handschuhe ebenfalls dort so hielt, dass er ihre Hand ergriff und sie festhielt. Er blickte ihr tief in die Augen und sprach mit einer hellen Stimme: „Liebes Fräulein Rachel, erlaube mir, Ihre gnädigen Eltern zu besuchen. Sie gestatten, Emile von E.!"

Rachel fand seine graublauen Augen sehr schön, die sie immerzu freundlich anschauten. Rachel entzog dem Herrn die Hand, weil er sie, wie sie dachte, viel zu lange festhielt. Sie schaute ihren jüngeren Bruder an und sagte: „Ich gehe dann, die Mutter holen!" Zu dem Herrn von E. hatte sie aus lauter Verlegenheit gar nichts gesagt, sie hätte auch nicht gewusst, was sie sagen sollte. Sein Deutsch war fehlerfrei, sie war ganz überrascht davon. Sie drehte sich schnell um und reihte die Laternen an der Wand flink aneinander, um für die Eintretenden freien Durchgang zu machen. Rachel rannte den langen Korridor davon und stürmte in die Küche: „Maman, der Herr von E. ist da!" Ihre Mutter, die noch immer mit der Magd beim Einkochen sehr beschäftigt war, schien die Situation sofort zu erfassen, sie ging festen Schrittes aus der Küche in den Korridor hinaus und sagte zu Rachel: „Geh auf dein Zimmer und bleibe dort, bis ich dich hole; dass du dich ja nicht mehr blicken lässt!"

# Kapitel IV – Die Braut

Rachels Mutter hatte die Tochter erst nach zwei Stunden auf ihrem Zimmer in der Mansarde, im dritten Stockwerk, abgeholt. Sie war sehr ernst und nahm die unangemeldete Visite des fremden adeligen Herrn als sehr wichtig für sich als Hausfrau und das Ansehen ihres Hauses. Sie sagte, man hätte sich sehr wohl unterhalten können, in einem überaus perfekten Deutsch des Herrn von E., dessen Familie offiziell österreichisch war, aber seit urlangen Zeiten, genauer gesagt seit den christlichen Kreuzzügen, in Kroatien lebte.

Herr von E. hätte sich sehr gefreut, dass auch Rachels Vater von der Visite durch die Magd im Bankhaus benachrichtigt worden war und sich ebenfalls zu seinem Empfange einfand. Er entschuldigte sich sehr, dass er keine Depesche schicken konnte, um seinen Besuch anzukündigen, er wäre auf der eiligen Durchreise nach Heidelberg, um einen ihm wohlgesonnenen Naturforscher zu besuchen. Rachels Mutter hatte Tee und mit Marmelade gefülltes Plätzchen-Gebäck angeboten, was ihm wohlgemundet hätte.

„Emile liebt Kekse über alles!", rief Rachels Mutter aus, ja, er hätte ihr alsbald angeboten, ihn beim Vornamen zu nennen, was man nicht ausschlagen durfte, das wäre ein Zeichen von Vertrauen und er würde sie demnach als eine mütterliche Frau schätzen. Besonders angetan wäre Herr von E. von dem Gemäldekabinett des Vaters Rachels gewesen. Die Beletage im ersten Stockwerk war, wie das so bei den vornehmen Frankfurter Bürgerhäusern dieser Zeit üblich war, dem Empfang hohen Besuchs dienlich und mit karmesinroten Seidentapeten ausgestattet, die China-Mode des 17. und 18. Jahrhunderts spiegelnd, von der Mutter „der rote Salon" genannt. Rachels ältere Brüder hatten hier die Hochzeitsfeiern ausgerichtet bekommen!

Da Herr von E. sich für eine Zeit von drei bis vier Wochen nach Heidelberg verabschiedet hatte, um seinen naturforschenden Freund zu besuchen, der auch an der dortigen Universität eine „Kathedra", einen Lehrstuhl für Pflanzenkunde, innehatte, konnte wieder etwas Ruhe in das Haus am Mainufer einkehren. Die Familie besann sich wieder mehr auf sich selbst und gab die äußerst aufwühlenden Ereignisse zugunsten nun mehr ordnender und vorsichtiger Gedanken auf. Die Kommentare um Anstand und Redlichkeit der unverheirateten Mädchen wurden vom Vater der Familie erneut und immer wieder als theologisch und gesellschaftlich notwendig gefordert. Allmählich nur rückte er vor seiner Tochter mit der Wahrheit heraus: Herr von E. hatte nämlich angekündigt, bei seiner Rückkehr aus Heidelberg, „so Gott gebe", Rachel, bei so hoffentlichem und gefälligem Einverständnis der Eltern, zu einem Tanzvergnügen oder einer vergnüglichen abendlichen Ballgesellschaft auszuführen. Dazu werde er im passenden Augenblick bei den Eltern nachfragen und über seine Logis-Betreiber die Billetts besorgen lassen.

Rachel war sehr glücklich über die sich ankündigenden Ereignisse. Nie war sie auf in Frankfurt bereits sehr übliche Tanzvergnügen mitgenommen worden, dies hätte sich aus der Sicht der Eltern nicht für ein jüdisches Mädchen geziemet und war nur ihren Eltern vorbehalten, die damit die Söhne in die wohlhabende Frankfurter Adels- und Großbürger-Schicht einführten und auch sicherlich auf diese Weise reich verheirateten. Den Widerspruch zu dem damit verbundenen Verbot für die eigene, einzige Tochter wollten sie nicht diskutieren! Wozu auch, denn der Vater hatte die Mutter nur einmal, aus einiger Ferne, damals vor dreißig Jahren, in der Synagoge gesehen und ihre Eltern, die Großeltern Rachels, sofort „förmlich und unmissverständlich um die Hand der Mutter angehalten". Ein feiner Herr, der es gut meine mit einem anständigen Mädchen, werde sich immer so verhalten, meinten die Eltern Rachels. Auch die aufrührerischen, aufständischen Zeiten der großen Französischen Revolution von 1789 konnten daran nichts verändern. Nur diejenigen Mädchen, die sich allezeit jungfräulich und vornehm benahmen, konnten auch, heute wieder in einer politisch auch wieder restituierenden Zeit, „eine gute Partie" genannt werden. Die Tochter wurde in allen Details und spitzfindigen Einzelheiten von der Mutter instruiert, sich wie eine feine Dame zu benehmen, auf der Abendveranstaltung ja nichts zu essen oder zu trinken und keinerlei körperliche Annäherungen des Herrn von E. zuzulassen. Sie übte sogar mit ihrer Mutter, recht theatralisch anmutend, was sie machen müsse, falls es zu beginnenden Verführungsversuchen vonseiten des Herrn von E. kommen sollte: Rachel sollte dabei vor der Mutter, diese im Salon sitzend, die recht große Geste „des Zurückweisens" des Verehrers vormachen, dies bedeutete eigentlich, diesen sehr energisch mit beiden Händen starr von sich wegzudrücken oder wegzuschieben. Aber dieses nur, wenn sie dabei alleine und von der Gesellschaft irgendwo unbeobachtet sein sollten, vielleicht auf einer Terrasse oder in der Kutsche, beim Heimbringen. Die Mutter schwor die Tochter auf diese absoluten strengen Notwendigkeiten ein und erzählte ständig, dass dieses Tun allen Männern eigen war, vom Taugenichts bis zum Mummelgreis, ja und selbstverständlich auch den feinen, wohlerzogenen Herren! So ein Benehmen sei nämlich in Gottes heiligem Schöpfungswerk vorgesehen und auch bestimmt gut so. Rachel versuchte mit hochrotem Kopf noch vorzuschlagen, dass der Herr von E. gewiss nicht so ein hässliches Benehmen an ihr vollführen würde, er würde sie ja bestimmt bereits „ganz und gar respektieren". Dieses wies die Mutter rigoros von sich und sagte, dass sie uneingeschränkt und unmissverständlich gerade damit von seinen Seiten zu rechnen habe. Er kenne sie ja noch gar nicht, außerdem stamme er von ursprünglich österreichischer Familie aus dem sehr fernen Südeuropa, aus dem fast gänzlich katholischen Kroatien. Als Erstes werde er wohl zu schauen haben, ob sie sich leicht verführen lasse, da er dieses auch als wichtige Information über die Rachel seinen Eltern mitteilen müsse. Es wäre ganz einfach, Herr von E. werde feststellen wollen, bei der ersten sich bietenden Gelegenheit, ob sie „so eine" oder nicht wäre!

# Kapitel V – Der Ball

Pünktlich, wie bereits vor Rachels Eltern angekündigt, ergab es sich, dass Herr von E. aus der Pension, in der er „Am großen Graben" in Frankfurt wohnte, einen höflichen Brief schickte, nachdem genau vier Wochen vergangen waren. Er bat um die Möglichkeit, die Tochter, die er nur ganz kurz gesehen hatte, etwas besser kennen zu lernen. Er meinte, er ginge davon aus, dass ein Besuch einer abendlichen Tanzveranstaltung dazu gut geeignet wäre. Mit vielen Komplimenten an die Eltern verbunden, bat er um die ausdrückliche Erlaubnis, die Tochter am Abend des kommenden Sonnabends um 18 Uhr abzuholen und zu Fuß spazierend zum sommerlichen Tanzvergnügen „Am Rossmarkt" auszuführen. Dieses Ballvergnügen, nicht nur „für die Jugend", sondern „für jedermann", würde eine Veranstaltung der hiesigen Burschenschaft, der „Studentischen schlagenden Verbindung der Concordia" sein, deren Mitglied er auch in Wien bei seinen Studien der Jurisprudenz war. Da der Brief sehr eindeutig auf „sehr feste Absichten" des Herrn von E. schließen ließ, wurde diese Vorgehensweise als korrekt und auch wörtlich, so die Mutter Rachels, als „vor Gott und der Welt" eindeutig beschrieben. Die Mutter wechselte in Gefühlswelten der sehr besorgten Mutter, die sich um die Balltoilette der Tochter Gedanken machen musste. Sie wollte sie sehr „elegant" und „recht vornehm" ausgestattet sehen. Dafür standen nicht mehr ihre Hausschneiderinnen zur Verfügung, es sollte etwas vom Besten sein, vor allem sehr begünstigt durch die Vorteile, dass das Rachelche in den letzten Wochen abgenommen hatte an Leibesumfang. Die Mutter meinte, die Tochter hätte sich durch den Verehrer sehr zum zierlicheren Frauentypus verändert und endlich, irgendwie, „herausgewachsen". Sie wäre ja immer nur „ach, so kindisch gewesen" und hätte deshalb „nie einen Verehrer gehabt!", seufzte die Mutter des Öfteren.
Nach den Plänen der Mutter Rachels sollte es ein Kleid nicht nach der schon seit Jahrzehnten auch im deutschen Reich bei Tanz- und

Abendveranstaltungen gebührenden französischen Mode mit Reifrock und Puffärmeln sein. Die Damen bestellten das „Journal der feinen Sitten und Moden". Hier ging der Vorschlag für Tanzkleider doch allzu gern in die Richtung der mehr voluminösen, mit allerlei Zierrat und Schleifen verputzten Tanz-Toiletten. Rachels Mutter schwebte ein doch dann sehr neumodisches Kleid mit schmaler Linie vor, mehr schlicht und möglichst einfarbig. „Jetzt, wo du so schön abgenommen hast und eine ernsthafte Partie darstellen sollst, bekommst du ein Kleid bei der allerbesten Modistin der Stadt, bei Madame Clara. Ich habe es neulich in ihrem Salon ausgehängt gesehen! Es ist nach der Art der Königin Luise von Preußen nachgenäht worden. Madame Clara weilte schon öfter in Berlin und sie bestätigt den vornehmen Stil ihrer Majestät!"

Da die Zeit schon drängte, fanden Mutter und Tochter den Weg sehr in Eile zu dem Salon der Modistin und feinen Damennäherin, der man bei gehobener Laune von der bevorstehenden, sehr wahrscheinlichen Verlobung der Rachel mit dem ausländischen Aristokraten vertraulich erzählen konnte. Es regnete bereits heftig und war Anfang Oktober, die Straßen waren auch aufgeweicht, so dass Madame Clara ein helles Kleid aus Woll-Musseline mit entsprechendem, ebenfalls nur schmal geschnittenem Übergangs-Pelerinenmantel den Damen verkaufte. Es war bereits von allerbester Qualität und Verarbeitung. Rachel bedankte sich sehr mädchenhaft und überschwänglich glücklich bei ihrer Mutter, die weder Kosten noch Weg gescheut hatte, ihre Tochter schön anzuziehen.

Die Damen hatten eine Kutsche bestellt, so dass Rachels Mutter auf der Heimfahrt meinte, Herr von E. werde wohl besser mit der Kutsche vorfahren kommen, als sie zu Fuß zu dem Tanzfeste auszuführen. Zu Hause wartete der Vater schon ungeduldig im Hauseingang, in der geöffneten Türe. Rachel trug vergnügt die in zwei große gold-weiß gestreifte Kartons verpackte Kleid- und Pelerinen-Garnitur in den Salon. Die Mutter rief das Mädchen, sie solle Tee zubereiten. Außerdem schickte sie die Rachel auf ihr Zimmer, sie solle sich anziehen und dem Vater die schöne Tanzgarderobe vorführen und sich bei ihm entsprechend bedanken. Rachel kam alsbald wieder die Treppe hinunter, sie hatte auch rot-braune Satin- Tanzschuhe bei dem französischen Schuster von der Mutter bekommen, der seinen Laden gleich neben Madame Claras Salon aufgemacht hatte, und sah aus: „Ganz wie die Königin Luise!", wie ihre Mutter ausrief und entzückt in die Hände klatschte, als die Tochter mit geröteten Wangen im Salon erschien. Rachel tänzelte um die Eltern, küsste den Vater innig und bedankte sich für das schöne teure Geschenk. Rachels Vater war hochzufrieden mit der Wahl der Mutter. Er sagte nur nachdenklich, wie wohl es doch passieren kann, dass die Tochter verheiratet werden würde. Und dann ins Ausland ginge?

Die Zeiten, erzählte der Vater den beiden still zuhörenden Frauen, waren aufgewühlt und sehr unsicher. In den Straßen Frankfurts waren schon seit längerer Zeit Soldaten. Der Vater hatte noch nie ein Kleid nach der Art gesehen, wie Königin Luise es trug. Es war viel die Rede auch über ihre Majestät von Preußen in seiner Bank, sie war, so Rachels Vater: „in aller Munde, man nannte sie die Königin der Herzen!" Der Widerstand, den ihr Mann, der König von Preußen, Friedrich Wilhelm III., der sehr siegreichen französischen Armee seit längerer Zeit leistete, hatte ihm im deutschen Reich sehr viel Sympathie eingebracht. Der Vater erzählte von der durchdacht aufgestellten Armee der Preußen, die Preußen mit Sicherheit zu einer der führenden europäischen Großmächte machte, neben England, Frankreich, Österreich und Russland. Die Vorfahren des Königs Friedrich Wilhelm III. hätten diese schon im 16. und 17. Jahrhundert neben einem sehr starken Beamtenapparat aus Staatsräson geschaffen.

Preußen war sehr gut mit Russland verbündet, meinte der Vater. Napoleon, der siegreiche Kaiser der Franzosen, werde wohl in Preußen einen Überfall machen wollen. Es würden Eroberungszüge seinerseits befürchtet. Außerdem habe er von Paris aus böseste Gerüchte streuen lassen über die Königin der Preußen. Napoleon ließ wohl verbreiten, sie hätte eine Liebesaffäre, eine verbotene Liaison, mit Zar Alexander von Russland. Manche Gerüchte in Berlin würden erzählen, die beiden würden Friedrich Wilhelm III. heimlich, hinter seinem Rücken, „die Hörner aufsetzen". Wie könnte so etwas zutreffen, meinte der Vater, diese Dame würde wohl schrecklich, auch vor den eigenen Untertanen, in Verruf gebracht werden. „Ja, wie schnell ist er hin, der gute Ruf der Frauen, auch der verheirateten Ehefrauen!", rief Rachels Mutter erschrocken aus. Aber dies wäre wohl passiert, um den Machteinfluss des preußischen Königs zu schmälern, behauptete der Vater.

Wegen der bevorstehenden Kriegshandlungen in Preußen und der schon bekannten Eroberungspläne Napoleons war Rachels Vater sehr besorgt. Er erzählte, dass er bereits große Kutschen mit Kriegsflüchtlingen seit Wochen beim Spazierengehen in Frankfurt gesehen hatte. Die wären aus Berlin gekommen und würden alle durchrasen durch die Straßen Frankfurts, mit zugezogenen Vorhängen. Jetzt zu fliehen müsste wohl sehr dem König gegenüber despektierlich und wenig untertan erscheinen. Andererseits, wer wüsste denn noch, ob nicht die Franzosen auch Frankfurt erobern würden. Daher riet der Vater den beiden ehrfürchtig zuhörenden Frauen, „sich von der Straße fernzuhalten und die Türen allseits gut verschlossen zu halten." Falls es zu direkten Kontakten mit dem einmarschierenden Militär kommen sollte, müsste man wohl gleich sagen, dass man Verwandtschaft seit vielen Jahren in Paris hätte, ein Bruder des Vaters wäre dort in Geldgeschäften ansässig geworden. Allerdings wären die Französischkenntnisse der Familie sehr en passant und unzureichend, stellten dann alle drei resignierend fest.

Der Zeitpunkt und der Ort des ersten Treffens standen zwar fest, aber ansonsten war Rachel außerhalb jeder Möglichkeit und Lage, zur inneren Ruhe zu finden. Sie konnte in der Nacht nicht schlafen und lief aufgewühlt, von Herzklopfen und Unruhe getrieben, in ihrer Kammer hin und her. Sie war sich darüber im Klaren, dass diese Schlaflosigkeit nicht allein von dem Teegenuss am Nachmittag mit ihren Eltern herrühren konnte.

Sie versuchte, auf leisen Sohlen, halb trippelnd auf den Zehenspitzen, halb innerlich äußerst beklommen und auch verängstigt, den großen Raum abzumessen und so Boden unter sich zu spüren. Im Bette regungslos lange zu verharren war ihr unmöglich geworden in den letzten Wochen. Sie versuchte ihre Gefühle vor den Eltern und vor allem vor den Brüdern, die noch ab und an im Hause weilten, möglichst zu verbergen. Das war ihr auch tunlichst aberzogen worden. Solche Gedanken an Verliebtheit und Liebeskummer gar, wie sie sie immer mehr beschlichen, würden von der Mutter sofort rüde abgetan und vor der männlichen Verwandtschaft abgeschmettert werden. Eine sittsame Tochter durfte nichts von Liebe und Sehnsucht erzählen.

Aber diese Gedanken waren dennoch da und wurden ihr immer schmerzvoller bewusst. Sie hatte sich auf das Heftigste in Herrn von E. verliebt. „Emile, Emile!", flüsterte Rachel immer wieder, wie beschwörend, gar schon unheimlich nach ihm rufend, seinen lieben Namen. Rachel versuchte sich auszumalen, wie es wohl sein werde, ihr erstes Rendezvous! Hoffentlich würde sie ihm auch gefallen! Ob er sie auch lieben würde? Die Eltern sagten, er hätte erwähnt, er sollte am besten eine deutsche Frau heiraten. Rachels Herz raste von Tag zu Tag mehr in ihrer Brust, auch tagsüber, da half auch die Hausarbeit überhaupt nichts. Voller Ungewissheit betrachtete sie den fahlen großen Mond. Er erhellte die Nacht und ergriff ihr ahnendes Herz. Eine Schwere, wie bleiern, überzog ihre Gedanken. Schmerzvolle Einsamkeit schlich sich wieder einmal in ihre Nacht und blieb.

Der Tag, an dem Rachel zum Rendezvous abgeholt werden sollte, war da. Während sie sich mit Hilfe der Mutter hübsch zurechtmachte, kursierten schon im Hause bei der Familie und beim Personal die neuesten Schreckensmeldungen von der Front. Ein paar Tage zuvor, am schwarzen Schicksalstag der Preußen, am 14. Oktober 1806, war die große Schlacht bei Jena und Auerstedt gewesen. Der Vater wusste zu berichten, dass die Armee Friedrich Wilhelms III. vernichtend geschlagen worden war. Napoleon rückte gegen Berlin, die preußische Hauptstadt, vor.

„Wofür sind alle diese Soldaten gestorben, welch ein Blutvergießen musste passieren!", rief die Mutter voller Entsetzen aus, während sie die Stoff-Papilloten aus Rachels Haaren entfernte. Rachel war auch sehr von einem furchtsamen Frösteln befallen, sie hatte die ganze Nacht vor Aufregung nicht schlafen können. Außerdem hatten die Papilloten ziemlich gedrückt. Sie sollte unbedingt „so schön wie nur möglich sein", befahl geradezu die Mutter, die es sich auch nicht nehmen ließ, einen ihrer Lieblingssätze zur weiblichen Toilette zu wiederholen: „Wer schön sein will, der muss auch leiden!"

Rachels Vater sinnierte noch darüber, ob König und Königin, die sich angeblich schon auf der Flucht befanden, „ins Exil gehen würden? Wer würde sie wohl aufnehmen, vielleicht der russische Zar Alexander?" Nach Ansicht des Vaters musste sich Preußen nicht nur mit Russland, sondern auch wohl mit Österreich verbünden, um dem Eroberungsstreben Napoleons Gegenwehr bieten zu können.

In die vorabendliche Ruhe im Hause brach plötzlich ein heftiges Glockenschellen. Die Dienerschaft eilte zur Türe. Herr von E. hatte eiligst einen Gasthof-Diener geschickt. Dieser berichtete, vollkommen außer Atem, dass sich in der preußischen Hauptstadt das Gerücht verbreitet hätte, die Franzosen hätten Königin Luise gefangen genommen. Aus Angst vor Übergriffen und in Erwartung des Einmarsches der französisch-napoleonischen Truppen wären alle Tanzveranstaltungen in der Stadt Frankfurt abgesagt worden! Während die Mutter Rachels ergriffen von Angst über den Ansturm von angeblich Abertausenden von Flüchtlingen und einem Überfall der Truppen Napoleons zu weinen begann, richtete der Kurier des Herrn von E. noch aus, dass der junge Herr trotzdem am Abend die Familie aufsuchen wolle.

Der Vater versuchte zu trösten und suchte sofort nach politischen Erklärungen: „Preußen wird sich doch nicht in diese sicherlich sehr großen Gebietsverluste einfach so reinfügen wollen! Der Geist eines erwachenden, ja gar glühenden Nationalgefühles wurde in der letzten Zeit dem preußischen König sehr oft nachgesagt. Preußen hat sich erfolgreich mit Russland und Österreich gegen Napoleon verbündet. Ich sage euch, gerade jetzt nach dieser Demütigung und diesen Menschenverlusten wird König Friedrich Wilhelm III. mit Sicherheit alles Notwendige unternehmen, um seine Großmachtstellung in Europa zurückzugewinnen!"

Während die Dienerschaft treppauf lief, um das schöne Kleid in den Schrank zu verpacken, presste sich Rachel enttäuscht schluchzend an die Mutter. Napoleon hatte ihr so sehr ersehntes Tanzvergnügen mit dem geliebten Mann vernichtet …

# Kapitel VI – Der Antrag

Noch am gleichen Abend erlaubte sich Emile die Ehre eines Besuches einzuräumen, wie per Boten bereits angekündigt. Er betrat das Haus am Mainufer mit vornehmen Gesten und einem schön gebundenen Blumen-Bouquet aus Herbstzeitlosen und Chrysanthemen. Emile erzählte, dass es zu einem allgemeinen Ausgehverbot kommen sollte, ab morgen Abend. Dieses wäre so ausgerufen worden an der alten Hauptwache, in deren Nähe er Logis genommen hatte. Da die Mutter in der oberen Etage, im Besucher- oder Visitenzimmer, ein kleines kaltes Abendessen vorbereitet hatte, entspann sich alsbald ein waches, in die Familiengeschichten der von E.s und der von R.s einführendes Kennenlernen!
Rachel hatte ihre Enttäuschung über das geplatzte Rendezvous nicht ganz verbergen können, wie ihre um Etikette besorgte Mutter gefordert hatte. Sie hatte sich schön gemacht und hatte ihren Platz sehr leise an der Seite ihrer Mutter an der stilvoll mit altem Tafelgeschirr aus Meißen gedeckten Tafel eingenommen. Das rubinrote Samtkleid verlieh ihr schönste, elfenhafte Grazie. Der blutrote alte schwäbische Granatschmuck ihrer Mutter dazu machte äußersten Eindruck auf ihren Verehrer, der sie mit entsprechenden Komplimenten bedachte. Da keiner von den Brüdern Rachels in diesen sehr trüben Tagen im Hause weilte, sondern alle Söhne der Familie in wichtigen Geldgeschäften auf Reisen waren, zeigte sich die Frau von R. in äußerster Sorge um ihre Familie. Sie ließ die Hausmagd sehr viele Kandelaber aufstellen und es wurden Wachskerzen entzündet, die die gesamte obere Etage und die alte geschnitzte Treppenempore in helles Licht tauchten. Das Haus duftete nach alter Ordnung und gepflegtem Mobiliar. Ein leiser Ton von Harz und Wachs lag in der Luft und betörte die Runde.
Herr von E. verstand sich sehr gut auf die angenehme Konversation mit Damen. Er erzählte sehr frei und unbeschwert über die Vorfahren seiner Familie und wie sie es immer durch die Wirren der

Geschichte gemeistert hatten, ihren Bestand der Güter und damit verbundenen bescheidenen materiellen Wohlstand zu sichern. Er beugte sich, während er alte Familienbezüge zu anderen Familien in Süd- und Osteuropa vermittelte, immer näher zu Rachel vor und berührte auch zaghaft ihre auf dem alten weißen Tischleinen ruhende Hand.

Während die Baronin von R. schon sehr zufrieden die beiden offensichtlich ineinander verliebten jungen Leute betrachtete, reichte ihre alte, erfahrene Köchin kalten Ochsenbraten mit hart gekochten Eiern und köstlicher grüner Frankfurter Soße, für die sich Emile lebhaft interessierte. Frau von R. sagte, die Rezeptur sei auch in ihrer Familie erst recht „neuerdings" angewendet worden, da sie aus dem Schwäbischen stammte. Sie leibte zwischenzeitlich die Frankfurter Küche sich auch gerne als ihre eigene ein und habe gerne Umgang mit den Bauersleuten und „Hökerinnen", die auf den Märkten ihre frischen Waren aus der Umgebung Frankfurts anboten. Frau von R. erzählte von ihren alltäglichen Gängen zu den vielen Märkten. Dabei nehme sie die Rachel immer mit, schon als sehr kleines Mädchen wäre sie mit ihrer Mutter, auch mit einem kleinen Körbchen ausgestattet, so gerne auf den Alten Markt, den Krautmarkt, den Hühner- oder Weckmarkt mitgegangen. Man würde auch immer so nette und gesprächige Damen und gute Hausfrauen dort antreffen. So habe sie vor ein paar Jahren auf dem Samstagsberg, dem östlichen Teil des Römerberges, in der Nähe des Rathauses die Frau Rat von Goethe, die ehrwürdige Mutter des Frankfurter Gelehrten Herrn von Goethe kennen gelernt, die ihr dieses köstliche alte Familienrezept über die Grüne Soße verraten habe. Man habe ja selber den „Wilhelm Meister" gelesen und die Karriere des Herrn Dr. von Goethe verfolgt, der nun in Weimar tätig war!, erzählte die Mutter Rachels.

Der Vater, den Rachel als sehr zurückhaltend empfunden hatte und dieses auf die ungewisse Kriegslage zwischen Napoleon und dem König in Berlin beziehen musste, entwickelte auch größere Mitteilungsfreudigkeit, da sich der Abend angenehm gestaltete.

Herr von E. sprach auch dem Apfelwein zu, den der Hausherr im eigenen Keller presste und in Fässern lagerte. Herr Baron von R. erwähnte gerne, dass die Frankfurter Märkte schon seit dem frühen 13. Jahrhundert urkundlich überliefert seien. Er selber wäre gebürtiger Höchster, dessen Stadterhebung 1356 bestätigt worden wäre. Auf dem Schlossplatz wäre dort auch seit dem Mittelalter ein buntes Markttreiben. Es gäbe dort gutes Wildbret und auch Käse, den „Handkäse", neben Fleisch, Eiern, Brot und Geflügel dazu zu kaufen. Viele Frauen würden, mit richtigen Entbehrungen verbunden, um sich und die Familie ernähren zu können, mit geflochtenen Körben auf dem Rücken als „Gemies- und Obsthockinnen" lange Fußmärsche aus der auch weiteren Umgebung aus dem Hessisch-Nassauischen Umland unternehmen, um ihre Waren anbieten zu können. „Die Märkte ernährten so die Stadt und die Bauern!", sagte Rachels Vater bedeutungsvoll.

Der Apfelwein tat seine Wirkung und die kleine Runde vergaß die schlimme Zeit, die Nachzeit der Schlacht von Jena und Auerstedt, die für Preußen große Menschenverluste und auch im Nachklang ein Friedensangebot des Königs Friedrich Wilhelm III. an den Kaiser Napoleon mit sich bringen sollte, das erfolglos im Sande verlief. „Mit Ihnen ist es gar ein nettes Beisammensein!", rief Herr von R. daher aus und prostete seinem noch immer sehr durch den „geplatzten Ball" angeschlagenen Besucher zu. Emile verabscheute „Mädchen ohne Tugend und Sittsamkeit", wie er sagte, und „Fräulein Rachel wäre nach dem Geschmack meiner Maman!"

Das Abendessen war sehr geschickt „komponiert" gewesen, dachte Rachels Mutter, während sie den Tisch langsam abräumte. Herrn von E. hatte diese Frankfurter Kalte Braten- und hart gekochte Eier-Speise mit der Grünen Soße so gut gemundet, dass er sich ausschweifend bei der Dame des Hauses „wegen der ihm erwiesenen kulinarischen Genüsse" mit vielen Komplimenten bedankte.

Da Emile verneinte, auf das Anfragen des Herrn von R., dem Tabakgenusse auch zugetan zu sein, begab es sich, während sich die kleine Gesellschaft von der Tafel erhob, dass Frau von R. sich an ihre Tochter wandte mit den Worten: „Rachel, könntest du nicht dem Herrn Emile Vaters Bibliothek zeigen?" Heimlich dachte die Mutter doch, dass es sich wohl noch ergeben sollte, dass die jungen Leute auch etwas alleine sein könnten an diesem Abend; ja, hatte doch der Krieg das schöne Ausführen zum Ball-Feste so elendiglich zerstört!

Für Rachel war diese Frage durch die Mutter sehr gelegen gestellt worden. Sie wusste eigentlich vom ersten Treffen mit dem fremden schönen und elegant gekleideten Mann an, dass sie ihn liebte. Und obwohl Rachel nicht viel mit Fremden in ihrem Leben gesprochen hatte, zeigte sie ganz und gar keine Scheu, diesem für sie so begehrten Herrn auch erstmalig alleine zu begegnen. So durchlief sie sehr schnell den Korridor der „Belle Etage" und führte Emile, der ihr ebenso, ohne irgendetwas zu sagen, folgte, über eine kleine Wendeltreppe auf der Westseite des Hauses direkt zur Bibliothek im Erdgeschoss, die eigentlich Teil des Arbeitskabinetts des Vaters war. Als sie sich auf der halben schmalen Treppe umwandte, um zu sehen, ob Emile ihr folgte, lachte er sie, offensichtlich von der Idee, die Rachels Mutter hatte, sehr angetan, an und zog sie an den langen hellbrünetten Haaren, die Rachels Mutter sehr elegant zu einer langen Rolle mit vielen Nadeln gesteckt hatte. Rachel errötete verlegen, als Emile noch eins daraufsetzte mit: „Das Rachelche ist eine ganz Liebe!", ihre Mutter beim Gebrauch ihres Kosenamens nachahmend.

Rachel nahm ihren ganzen Mut zusammen und wollte sich auch nicht zu sehr schüchtern benehmen. Indem sie, im Erdgeschoss flink angekommen, den Geliebten dicht, ja eigentlich viel zu dicht, sich an ihren Körper anschmiegen fühlte, machte sie die schwere Eichentüre zum Arbeitskabinett ihres Vaters auf. Im Kamin brannte ein gemütliches, den hohen Raum mit Wärme und Holzknistern erfüllendes, helles Feuer! Hatte dies ihre Mutter schon so eingerichtet? Sie wollte auch keine Magd rufen, die sicherlich ganz in der Nähe noch in der Küche hantierte, wohl nach dem Abendessen mit dem Abwasch beschäftigt, um dem Raum noch mehr zur

Besichtigung durch den Gast notwendiges Licht zu geben. Rachel durchschritt entschlossen den Raum und ging zum Kamin, wo am Sims zwei schwere Messing-Kandelaber, mit vielen Kerzen bestückt, ihr dabei gute Dienste leisten würden. Emile sollte einen guten Einblick in die schon etwas saalartige Räumlichkeit gewinnen. Mit etwas zitterndem Arm entzündete sie manierlich die Kerzen, die überraschend eine flackernde Lichterflut in den ansonsten beinahe düsteren Raum zauberte; und dieses passierte durch sie so sicher und so flink, dass Emile Mühe hatte, nachzukommen, und auch seine galant und zuvorkommend an sie gestellte Frage: „Brauchen Sie meine Hilfe, Fräulein Rachel?" verhallte unbeantwortet ihrerseits in dem mit offensichtlich wunderbar vielen Büchern ausgestatteten Kabinett ihres Vaters und blieb ohne Antwort.

Rachel sah sich kurz, aber bewusst, in dem alten Barockspiegel, der über dem offenen Steinkamin hing, und fand sich sehr hübsch! Sie fühlte sich auch als junge Frau, die sie war, von gerade dreiundzwanzig Jahren. Die Nähe zu Emile ließ sie aber auch innerlich erschaudern, sie spürte noch einmal eine aufkommende Einsamkeit. Für Momente lief ihr gesamtes Frankfurter Leben als noch Kind und dann junges Mädchen an ihr vorbei; ihre Mutter und sie führten ein wohl recht einsames Leben – der Vater war als Bankier oft unterwegs. Sie sah in dem horizontal gehängten Spiegel ihre hellen, wachen Augen. Die vergilbten Quecksilber-Flecken an dem Spiegel hatte sie immer schon gerne betrachtet, sie war mit allem und mit sich selber sehr zufrieden! Rachels Augen suchten die wohlbekannten Formen des schweren Rahmens nach und fingen an, sie in ihren Rundungen und Vertiefungen mit weit geöffneten Augen durch lange Wimpern nachzubetrachten, was sie in dem Augenblick, wie schon oft zuvor, sehr beruhigte und eigentlich aus dieser Welt etwas entrücken ließ … Sie richtete ihre Gedanken so auf sich selber ein, so dass es sie beinahe überraschte, als Emile seine rechte Hand vorsichtig und zärtlich-zögernd auf ihre linke, seidentuchverhüllte Schulter legte, so dass sie sich unverzüglich umdrehte, um sich seiner Zuwendung entschlossen entgegenstellen zu können. „Ihr Herr

Vater ist ein sehr gebildeter und jugendlich-munterer Mann, liebe Rachel!", sprach er sie dabei an und lächelte vergnügt: „Ich selber entziehe mich gar zu gerne der menschlichen Gesellschaft und richte mich für einige Tage in der Bibliothek meines Vaters bei uns in Varaždin ein. Ich verbringe meine Zeit am liebsten mit der Naturbetrachtung!"

Rachel atmete tief ein und aus und wählte ihre Worte bewusst aus: „Lieber Herr Emile, ich möchte Ihnen mein liebstes Buch hier zeigen, das ich kenne, seit ich elf Jahre alt bin. Ich habe nicht nur früh Lesen und Schreiben, neben Rechnen und Latein, durch meine Eltern gelernt. Ich durfte auch immer gerne dieses Buch betrachten, weil es sich, wie meine Eltern sagten, auch für ein junges Mädchen geziemet, es betrachten zu dürfen." Dabei durchschritt sie den halb erleuchteten Raum und ging zu einer massiven Barock-Kommode, von der sie ein großes, bereits aufgeschlagenes Buch, einen hell eingeschlagenen Folianten, holte und diesen vorsichtig, ja bereits ehrfürchtig, auf dem Arbeitstisch ihres Vaters, der sich genau in der Mitte des Raumes befand, auslegte. Dann holte sie noch einen Kandelaber vom Kamin dazu.

Im milden, nur halb erleuchtenden Kerzenschein offenbarte sich ein großformatiges und fein bebildertes Werk vor Emile: „Über die Flora und Fauna Surinams". Herr von E. schaute neugierig nach dem sofort augenscheinlich höchstbegabten Verfasser desselben und musste entdecken, dass es eine Dame war: „Maria Sibylla Merian". Gedruckt worden war das Werk vor 101 Jahren in Amsterdam, im Jahre 1705! Emile blätterte aufmerksam und entdeckte ungeahnt schöne, künstlerisch äußerst wertvoll erscheinende Zeichnungen von Insekten und Schmetterlingen sowie von ihren genauestens aufgezeigten Entwicklungsstadien, den Kokons und Puppen.

Er lachte vergnügt und sagte zu Rachel: „Liebste Rachel mein, als wenn Sie dieses geahnt hätten! Wie lange schon wollte ich dieses so wichtige Buch für die Naturbetrachtung mit meinen eigenen Augen sehen! Befreundete Forscher in Zagreb haben mir davon sehr schwärmerisch erzählt."

Rachel war sehr glücklich über diese anerkennende Äußerung Emiles. ER war es, ihr geliebter Mann, den sie mit dem Zeigen des genau richtigen Buches erfreuen konnte! Sie nahm ihren Mut zusammen und überwand ihre noch mädchenhafte und für eine dreiundzwanzigjährige Frau bereits ungewöhnliche Schüchternheit und fing zu erzählen an: „Diese Dame war eine sehr berühmte Frankfurterin! Mein Vater sagt, dass ihr Vater schon ein berühmter Kupferstecher, nämlich der Herr Matthäus Merian war, von dem er noch Stiche besitzt. Wir haben von Maria Merian auch ihr Blumenbuch von 1675 hier. Obwohl sie verheiratet war und Kinder hatte, so hatte sie sich immer mit großer Liebe der genauesten Naturbetrachtung hingegeben; aber stellen Sie sich vor, Herr Emile, dass sie genau wusste, wie ein Insekt sich entwickelte, vom Ei über die Raupe und Puppe bis zum schönen, bunten Falter! Mein Vater sagt, dass sie keine Schönheit war, aber sehr klug und zum Zeichnen begabt."

Munter fuhr Rachel in ihrem Erzählen fort: „Stellen Sie sich vor, Herr Emile, wie genau Maria Merian die Raupen in der Natur betrachtet hatte, dass sie solche genau beschreiben und malen konnte und dass sie wusste, dass sie sich von kriechenden Tieren zu fliegenden Schmetterlingen verwandeln können. Wir hatten auch ihr Buch, das da heißt „Der Raupen wunderbare Verwandlung und sonderbare Blumennahrung", hier in Vaters Bibliothek, aber mein Bruder hat es mit nach Paris genommen, weil sich Freunde von ihm dafür interessierten. Ja, wie gefährlich für eine Frau, allein, nur begleitet durch ihre Tochter, und wie beschwerlich auch musste diese Reise nach Südamerika gewesen sein! Sie war dort zwar in den holländischen Kolonien. Aber von Surinam heißt es, es wäre dort alles nur ein großer Urwald mit vielen gefährlichen Tieren und giftigen Pflanzen."

Herr von E. begriff lächelnd, dass dieses Mädchen gebildet war und sich gerne mit Lesen, Schreiben und Rechnen beschäftigt hatte. „Wie schön, Fräulein Rachel, Sie mussten sich nicht nur mit Kochen, Sticken und Nähen beschäftigen! Schöne Bücher machen Ihnen Freude! Da werde ich Ihnen sagen können, dass es noch immer nicht überall üblich ist, dass die Eltern so eine Beschäftigung mit den Wissenschaften oder mit Kunst für ein Mädchen erlauben. Viele Männer halten solche Wünsche der Frauen und Töchter für sogar gefährlich und halten die weibliche Seele für zu zart und zu schnell beschwert mit zu viel Denken und Lesen. Ich war so viel in dieser Welt unterwegs, dass ich bemerkt habe, dass die Gesetze der Natur und das Begreifen der großen Zusammenhänge aus der Sicht der Herren der Schöpfung nicht Sache der Damenwelt sein sollten. Viele Männer sind da noch töricht!", erzürnte sich Herr von E., indem er über die Zuneigung zu diesem holden Geschöpf auch zutrauliche Gefühle zum Denkvermögen der weiblichen Natur an sich zu entwickeln begann.

Die beiden Verliebten rückten körperlich noch enger zusammen, in Anbetracht der sorgfältig ausgesuchten und klug gesprochenen Worte Rachels. Ehrfurchtvolle Verehrung für eine große Naturforscherin band Emile und Rachel mit einem unsichtbaren Band innerlich in begangener mystischer Naturverehrung aneinander fest zusammen. Emile legte seine rechte Hand auf Rachels linken Arm und streichelte innig versunken, dabei durch bereits unmännlich lange Wimpern gen Boden blickend, über ihren Halbärmel und den Übergang zu ihrem nackten, nicht behandschuhten Arm. Er spielte mit dem kleinen Voile-Volant, der den Ärmel umspielte, und strich mit den Fingerkuppen behutsam, aber genießerisch über den Seidenärmel und dann über ihre Haut. Rachel errötete sehr verlegen und wusste nicht, was jetzt zu tun wäre. Sie war sehr aufgeregt, Blut schoss ihr in den Kopf; sie spürte, wie die kleinen blonden Härchen sich an ihren Armen aufrichteten, wie bei einem Kätzchen, dem man gegen das Fell strich! Schauer durchzogen ihren Körper. Sie hätte nicht sagen können, ob ihr warm oder kalt wurde. Es war ihr eigentlich warm und kalt zugleich. Sie fühlte ein inneres Fieber ausbrechen, während das Arbeitskabinett ihres Vaters ihr urplötzlich schaurig kalt und ungeheizt vorkam, obwohl im Kamin seit geraumer Zeit ein großes Feuer hell und rot loderte. Das Holz im Kamin knisterte dabei und erleuchtete den Raum im Bodenbereich auf eine uneigentliche, der häuslichen Ordnung nicht allein unterliegende Art. Zeit und Raum verschoben sich, nun anderen Regeln des Lebens folgend, und nahmen die beiden Liebenden aus dem Haus und der Gemeinschaft der anderen Mitbewohner fort. Eigentlich hatte sie ihre Mutter sehr streng angemahnt, wenn es dann so weit sein sollte und ein Verehrer oder junger Mann sich ihr in unlauterer Absicht nähern sollte, diesen sehr vehement und damenhaft-bestimmend abzuwehren! Bevor sich Rachel gegen die unerwartet schnell und männlich begangenen Annäherungen wehren konnte, zog Emile sie bereits fest, eine eigene impulsive Handlung mit der nur ihm zugängigen Führung begehend, mit beiden Armen stark und fordernd an sich heran. Dabei wandte er sich ihr vollkommen zu. Nur ihr!

Während Rachel ihre Augen schloss, schon ahnend, dass es zum Kusse kommen würde, hielt Emile sie mit beiden Händen an ihren Oberarmen fest. Er war ihr dabei nahe, so nahe wie noch nie zuvor. Seine Lippen waren leicht geöffnet, als er sich den ihren näherte und zärtlich einen Kuss auf Rachels Lippen presste. Sie dachte: „Es fühlt sich so samtweich an!" Emile fing Rachels kleine beginnende Ohnmacht mit seinen starken Armen auf. Wie leicht sie doch war, dachte er entzückt, und dieser elegante Duft nach Rosen! Als Rachel ihre grün-hellen Augen wieder öffnete, fand sie sich in den Armen des schon seit Monaten geliebten Mannes wieder, der sie liebevoll anschaute, auch mit der eindeutig männlichen, aber galanten Art eines „südländischen Verehrers", seine Umarmung nicht lockernd. „Wenn mich die Eltern jetzt sehen könnten!", dachte Rachel erschrocken. Dann hob Emile endlich mit seinen Worten an und durchbrach die Stille, in der nur das leise Knistern des Kaminfeuers hörbar war: „Liebes Fräulein Rachel! Werden Sie mir die Ehre erweisen und die meine auf immer und ewig werden?" Dabei war er sehr ernst und seine halblangen, dunklen, leicht gewellten Haare schimmerten so schön im Glanze der nun auch wärmenden nahen und nun fackelhellen, altvertrauten Feuerstelle. „Mein Leben lang habe ich mich nach meiner kleinen Frau gesehnt. Ich war immer auf der Suche nach Dir!"

Rachel rang nicht nur nach Fassung, sondern auch nach Worten, dabei dachte sie noch, dass seine Umarmung nun ganz und gar nichts „Verdorbenes" an sich hatte, wie ihre Mutter sie so oft über das intime Verhältnis zwischen Männern und Frauen, allseits warnend, aufzuklären wusste. Sie vertraute sich innerlich dem großen Schöpfer an und wurde von gläubiger, tiefster Dankbarkeit wegen der guten Wendung ihres Geschickes und dem Antrag Emiles ergriffen.

Die unmittelbare Nähe zu Emile erschien ihr nun als spektakulär und unangenehm und sie suchte schon, sich aus seiner engen körperlichen Umarmung, ja mehr aus ihrer Sicht allzu stürmischen Umklammerung herauszuwinden, was ihr auch mit einem energischen Zurücktreten und entwindend-kräftigen Befreien aus seinen Armen gelang. Sie ging zum Kamin und ordnete ihre hochgesteckten Haare mit beiden Händen. Was sollte sie sagen, sollte sie ihm antworten?, rang sie innerlich mit sich selber. Sein Blick blieb ernst und fordernd, er sah ihr abwartend nach! Und: Würde er sie wieder zu umgreifen suchen? Ihre Mutter hatte ihr von ihrem eigenen Heiratsantrag damals, vor ihrer Hochzeit, erzählt, da wollte sie auch noch keine richtige Antwort geben. Mutter hatte Vater auch lange Monate hingehalten, darum hielt die Ehe auch so gut, und dies nach so vielen Jahren und so vielen Kindern!, dachte Rachel bei sich. Es würde sich nicht geziemen, sofort glücklich „Ja" zu sagen, nach den strengen Vorgaben ihrer Mutter, und eine Dame wäre immer zurückhaltend, so natürlich auch in der Liebe, und würde ihre wahren Gefühle, die nur sie selbst angingen, verbergen, selbst später, vor dem eigenen Ehemann! Sie empfand die Nähe der Eltern plötzlich als quasi scheinbar vorhanden, als ob sie sich neben ihr befinden würden, in Vaters Arbeitskabinett. Sie musste auch schon davon ausgehen, dass diese Verbindung bei den Eltern und Brüdern auf volle Zustimmung treffen würde, alles darüber durch diese schon Gesagte sprach dafür, obwohl hier außer ihr und Emile niemand sonst mit anwesend war! Und während sie noch nach Worten rang, um die eigene, nun so auch zu lange andauernde und für sie damit auch peinlich erscheinende stumme Wortlosigkeit zu überwinden, ging die schwere Holztüre mit einem sehr vehement entschiedenen Ruck auf. Es knarrte der Türstock, während sich die Eichentüre schwer im Eisenzargen weit öffnete, und im Zwielicht der dort beginnenden Halbdunkelheit schritt ihr Vater in den Raum, durchschritt dabei mit sehr energischen, militärisch anmutenden Schritten das eichenholzparkettierte Kabinett, und obwohl von eher geringer Körpergröße und schmächtiger Statur begab er sich zu den beiden jungen Leuten, das Zimmer nun mit seiner Präsenz bestimmend-hereinplatzend erobernd.

„Warum, um Gottes willen, hast du, Rachel, nicht mehr Licht gemacht? So kann man doch keine Bücher betrachten …", sagte zwar bedeutsam Rachels Vater, er schien aber trotzdem keinerlei Antwort dazu zu erwarten und blickte dabei unverdrossen, eine Rede geradezu herausfordernd, den jungen Herrn von E. von Angesicht zu Angesicht offen an. Es sollte sich offenbar um einen Auftritt der „väterlichen Art" handeln, da die beiden Liebenden nun zwar beim Eintritt des Vaters aus der unmittelbaren körperlichen Enge noch kurz zuvor auseinandergekommen waren, die gesamte Atmosphäre aber auf die unfehlbar zauberhafte Art des Verliebtseins bereits sphärisch-magisch flimmerte und die Szene der offenbar Verliebten überaus, selbst für einen erst danach beteiligten nüchternen Betrachter, einfach amourös war! Rachel stellte erleichtert fest, dass nun auch ihre Mutter, von der Magd begleitet, das Kabinett betrat und wortlos ein Schokoladengetränk auf dem Arbeitstisch des Vaters zu servieren begann, ohne aufzublicken. Das feine Schokoladenservice der Höchster Manufaktur war mit karminroten Röschen dekoriert und der betörende Duft der heißen holländisch-kolonialen Schokolade erfüllte kostbar und süß sogleich den ganzen Raum.

Beherzt vortretend und mit klarer Stimme wandte sich Emile nun an Herrn Bankier von R.: „Gnädiger Herr, ich glaube es hiermit Ihnen und Ihrer verehrten Frau Gemahlin mitteilen zu müssen. Rachel und ich sind, wohlweislich der Umstände und meines Bemühens, von nun an verbunden. Ich möchte Sie um die Hand Ihrer Tochter bitten!" Er legte dabei seine rechte Hand auf sein Herz. Rachel fand, wie schön er doch war, in dem blauen Anzug mit langen Schößen und mit gelber Weste, wobei er beim Abendessen schon erzählt hatte, dass er diesen nach der überlieferten Art des „jungen Werther" trug, der sich bei Herrn von Goethe, im Roman, aus Liebe verzweifelnd in Wetzlar im vorigen Jahrhundert dem Selbstmorde hingab!

Rachels Vater lächelte vergnügt: „Wenn Sie immerzu für sie gut sorgen können und die Geldlage es erlaubt, dann, so sei es!" Die Mutter seufzte pathetisch und nach Halt suchend auf: „Bitte die Schokolade noch heiß zu trinken!"

## Kapitel VII – Die Reise

Nun schienen sich die Ereignisse für Rachel zu überstürzen. Seit dem Abend, an dem Emile ihr in Anwesenheit ihrer lieben Eltern den Antrag gemacht hatte, flohen ihre Gedanken immerzu dem geliebten Verlobten zu, der sich am darauffolgenden Tag bereits von „seinem Rachelche", wie er sie gerne in Nachahmung ihrer Mutter nannte, verabschiedet hatte, um die lange Heimfahrt in das Habsburgerreich anzutreten. Emile verhielt sich immer förmlich und achtete derartig vollendet auf die guten Sitten, sich im guten Ton, dem „Bon Ton" vorzüglich auskennend und mit weltmännischer Weitsicht und respektvoller Umsicht äußernd. In sehr kurzer Zeit hatte er aus der Sicht Rachels das Herz ihrer Eltern mit Verstand, Zuverlässigkeit und Benimm gewonnen. Emile kam noch am darauffolgenden Morgen, um sich von der Familie von R. höflich zu verabschieden. Er brachte für „die Frau Maman" nochmals einen Strauß Herbstastern, gebunden mit Asparagus und mild duftenden Tuberosen. Als sich der Abschied für ihn und Rachel im großen Eingang vor ihren Eltern und den Dienstmägden entspann, versäumte er es nicht, ihr seinen am kleinen Finger keck getragenen rubinbesetzten goldenen Ring über ihren linken Ringfinger zu streifen, ihre zarte Hand flink ergreifend und zum Kusse zu seinen Lippen führend.

Der Ring passte genau an Rachels Finger, wie geradezu für sie gemacht! Sie lächelte überglücklich, kicherte verklärt und in ihrem Herzen sowohl als auch in ihrem ganzen Dasein zutiefst geehrt; und während Emile mit einer eleganten Drehung unter schwungvoller Mitnahme seines Capot-Mantels durch die Türe verschwand, winkte sie ihm mit der Hand nach, an der nun seine erste Liebesgabe steckte. Die beiden Mägde und die glücklichen Eltern umringten Rachel sofort neugierig, nachdem Herr von E. gegangen war, und betrachteten den Ring mit verzücktem Erstaunen: Es verbanden sich darauf eine Männer- und eine Frauenhand!

Emile hatte mit den Eltern bereits am Abend zuvor die weitere Vorgehensweise für die Verlobungszeit und die sich darauf anschließende, aus seiner Planung heraus „möglichst bald anzusetzende" Hochzeit besprochen. Diesen Part des Ganzen nannte Rachels Vater „das Geschäftliche unter uns Männern" und „Herr von E., was sollte mich das Ganze kosten?" Da Emile offensichtlich, nach seinen Darlegungen, über ein ansehnliches Vermögen mit herrschaftlichem Haus- und Parkbesitz im kroatischen Varaždin verfügte, worüber auch seine dem Vater vorgelegten Reisedokumente zeugten, so war er als auch demgemäß genau ausgewiesener „Haus-, Hof- und Grundbesitzer", auch Betreiber einer „Tuch- und feinen Stoffmanufaktur für mechanisch gewebte Brokate und Herrentuche". Herr von R. wollte diesen Darlegungen seines von ihm lieb gewonnenen Schwiegersohnes nicht nachstehen und versprach, die Tochter, mit einer Reise-Equipage feinherrschaftlich ausgestattet, auf die Brautreise zu schicken. Zuvor musste Emile allerdings das Ehrenwort dem Vater geben, dass er, auf sein Befragen hin, „weder der Trunkenheit noch den Spielschulden verfallen noch dem Bordellgange jemals zugetan war". Er schwor sogar darauf, „mit seiner Ehre und der Ehre der Familie von E., deren Wurzeln sich bis in die Römerzeit zurückverfolgen lassen". „Das Rachelche, sollst glücklich sein!", kommentierte Rachels Vater anschließend, offensichtlich sehr zufrieden, seine Abmachungen mit Emile. Zu erwähnen bleibt aber lediglich noch die Tatsache, dass Herr Bankier von R. sich nach den üblichen, für die Braut geltenden Gepflogenheiten der Familie von E. erkundigt hatte, wohlweislich und in voraussichtlicher Anbetracht der Tatsache, dass es bei vielen aristokratischen und großbürgerlichen Familien dieser Zeit die Sitte war, eine entsprechende, meistens bereits schon sehr hoch bemessene Mitgift in Goldtalern, Dukaten oder in Geld, in die Ehe mitzubringen. So sollte dem heimatlichen Bankhause, dessen Anschrift und Namen des Bankiers Emile dem Vater hinterließ, eine sehr ansehnliche Summe nach Zuführung und Verheiratung der Braut zugunsten Emiles über einen bestellten privaten Geldboten zugehen.

Emile schrieb nach seiner Rückkehr über die Wünsche seiner Familie, das bevorstehende Eheglück nicht zu sehr zuwarten zu wollen, und dieses alles in erfahrener Anbetracht und despektierlich aller widerwärtigen erneut herrschenden Kriegszeiten, der aufgewühlten napoleonischen Eroberungsjahre und einer zunehmenden Bedrohung durch mögliche weitere Kriegsereignisse, auch durch Übergreifen auf das Habsburgerreich. Emile schrieb den Eltern Rachels, „dass wir zurückblicken können auch auf eine Reihe von Kriegen zwischen dem königlichen Preußen und dem Kaiserreich Österreich, gerade im letzten, dem 18. Jahrhundert, die zu großen Gebiets- und Menschenverlusten auf beiden Seiten geführt haben." Die mehrwöchige Kutschfahrt in das winterliche Kroatien hätte er gut gemeistert. Seine Familie hätte auch schon in der Reihe der „Schlesischen Kriege" auf der heimatlichen österreichischen Seite kämpfen müssen, da damals der König Friedrich II. von Preußen die weibliche Thronfolge, die so zu bezeichnende „Sanctio Pragmatica", für die Kaiserin Maria Theresia nicht anerkennen wollte. Auch sein armer Vater hätte im 3. Schlesischen Krieg „vollkommen sinnlos über ein Jahr in Bayern in einem Stellungsgraben verbracht, ohne dass es dann noch, dem lieben Herrgott sei Lob und Dank, zu irgendwelchen nennenswerten Kriegshandlungen gekommen sei!" Und auch noch: „Mein Vater wusste uns zu berichten, dass die arme Bevölkerung in Bayern um ihre Ernte aus Feld und Flur auf das Schändlichste gebracht wurde, weil die Soldaten beider Armeen sich an den Feldfrüchten und dem Vieh bedienten und sich, wie so immer, über Räubereien ernähren mussten!" Emile versuchte seine Abscheu gegen den Krieg und die Menschenwürde verachtende Politik der um die Vorherrschaft in Europa kämpfenden Großmächte: Russland, Preußen, Österreich, Frankreich und England in seinem Briefe zu verdeutlichen. Da es auch im Habsburgerreich, so weiter der Verlobte Rachels, rumoren würde, da viele Völker und Staaten nicht in einem so großen Reich, das ja von den Alpen über die Karpaten im Osten, über das Königreich Ungarn bis über den ganzen Balkan hinunter nach Bosnien, in die Herzegowina, ja bis zum Kaspischen Meer reichen würde, sich unter eine Krone einigen lassen wollten, drängte Emile auf eine Reise seiner Braut Rachel, „mit dem beginnenden nächsten Frühjahr voll von Sorge und auf die Schneeschmelze hoffend, Ihr Emile!"

Die Zeit verging für Rachel wie im Flug, seitdem Emiles Depesche zu Eile und Aufbruch im kommenden Frühjahr angesichts der sich überschlagenden politischen Ereignisse und Kriegswirren die Eltern und sie aufgefordert hatte! Dagegen und auch gegen den Vorschlag des Herrn von E., die beschwerliche Reise mit der Kutsche alleine zu unternehmen, hatten die Eltern nichts. Rachels Mutter äußerte sich sogar sehr zufrieden damit und war auch äußerst wohlwollend gestimmt über die nun gebotene Eile der Ausstaffierung und Zuführung der Tochter als zukünftige Ehefrau.
In diesem Sinne beantwortete auch Herr von R. die Depesche. Er würde, für wahrscheinlich Ende März, die Tochter auf die Reise nach Kroatien schicken. Die Kutschen würden gegen den Süden noch immer zuverlässig und eigentlich täglich in Frankfurt abfahren, über Augsburg und München und dann über die Alpenpässe, bis in die tiefsten Provinzen Österreich-Ungarns; bei einer möglichst genauen Einhaltung des Fahrplanes und mit ihm schon bekannt gewordenen Umsteigestationen dürfte sich eine Planung mit Antreffen Rachels mit Ende April oder höchstens verzögert um eine Woche Anfang Mai ergeben. Diese Erkundigungen hätte er schon bei dem Fuhrunternehmer eingeholt. Er würde ihr zwei große Reisekisten und einiges Handgepäck sowie auch genügend Geld mitgeben können, um die Übernachtungen, den Proviant und auch notwendiges Trinkgeld für Gefälligkeiten und Hilfestellungen begleichen zu können. Rachel würde auch ihre Geburtspapiere und die geschriebene Erklärung ihres Vaters mitnehmen, dass sie als Braut auf die Reise geschickt wurde, mit der genauen neuen Heimatadresse, für etwaige militärische Grenzkontrollen oder Ausweispflichtigkeiten. „Dem lieben Herrgott sei Dank, dass unser Rachelche noch überall auf der Reise sich in deutscher Sprache unterhalten kann, und möge Gott uns gewogen sein, dass sie nur anständigen Menschen dabei

begegnet. Unsere Liebe und die Gebete meiner lieben, sehr frommen Frau werden sie dabei allseits begleiten!", beendete Herr von R. seine Erläuterungen.

Trotz allem sich ankündigenden Trennungsgefühl und beginnender auch schwerer Abschiedsgedanken war diese Verheiratung der Tochter ein Glücksfall für ihn.

Die Mutter bedauerte, dass sie ihrer einzigen Tochter nicht mehr Aussteuer einpacken konnte als die zwei vom herzöglich-nassauischen Kutschenbetreiber erlaubten großen Reisekisten. Dabei unternahm sie rege Anstrengungen und scheute auch bei starkem Schneefall und heftigem Kälteeinbruch weder Wege noch pekuniäre Mittel, zu den noch besten an den Märkten und in den guten Handelshäusern und -kontoren Frankfurts feilgebotenen Stoffen und feinen weißen Leinenwaren Zugang und Zugriff zu bekommen. Es herrschte an diesen Waren, wie auch schon im letzten Jahrhundert, kein Mangel, das darin an der Herstellung fleißige, weitläufige Umland der alten Kaiserstadt pflegte mit bäuerlichen Leinen- und Wollerzeugnissen den Bedarf an guter Ware zu versorgen. Da sich auch viele Tuchhändler über Augsburg und Italien aus dem Süden mit kostbaren Stoffen sogar versorgten, konnte auch zur Beschaffung einer vornehmen Reisegarderobe mit Anfertigung eines hellen Brautkleides geschritten werden. Strümpfe und Handschuhe wurden besorgt. Darauf wurde die feine Damenschneiderin sofort betraut, bei der das Ballkleid Rachels gekauft worden war für den berühmten Ball, „den Napoleon kaputt gemacht hatte!", wie es Rachel noch immer mit Wehmut im Herzen zu bezeichnen pflegte. Sie sollte eine Ausgehgarderobe für den Tag und eine entsprechende aufwendigere Toilette für den späten Nachmittag wie auch die robuste Reisegarderobe anfertigen. Das Brautkleid sollte schlicht sein und hochgeschlossen angefertigt werden, „aus weißem Glott-Stoff, um die Jungfräulichkeit der Braut und die Frömmigkeit ihrer Familie zu bezeugen", nach dem Willen der Brautmutter!

Die beiden Hausschneiderinnen hatten ebenfalls ganztägig mit einer Hausmagd mit dem Nähen der Unterwäsche und der Nachthemden zu tun. Drei Hauskleider waren ebenfalls anzufertigen. Die Weißwäsche und die Leinenhandtücher im Doppeldutzend hatte Rachels Mutter dann doch bei einer professionellen Weißnäherin in Höchst bestellt; dieses auch noch zu Hause, in gebührendem Maße und bester, feinster Qualität, die „ein Leben lang halten" sollte, so Rachels Mutter, anzufertigen, hätte die Schneiderinnen der Mutter und ihre sehr bemühten Hausangestellten überfordert. „Nun sollte alles gut gelingen können, bis zum Frühjahr, so Gott gibt!", seufzte Rachels Mutter auf, nachdem ihre Planung vollkommen war.

Eigens für die bevorstehende Brautreise ließ der Vater bei seinem Schustermeister für seine auch wegen der Wegeverhältnisse besorgte Tochter sehr feste, hochschaftige braune Stiefel für seine geliebte Tochter anfertigen, „nach Art der Reitersleut', so richtig nach alter Gutsherrenart!", wie seine genaue Anweisung an den alten Meister lautete. Er scherzte dabei ausgelassen darüber, dass, wenn es regnen würde oder es einen Bergrutsch in den Alpen unterwegs geben sollte, „die Rachel nicht zwei ihrer feinen bestickten Kissenbezüge an die Füße überstreifen" könnte. Zwar bedauerte Rachels Mutter nach wie vor, dass sie der Tochter „weder einen Frankfurter Schrank noch eine Wiege noch wenigstens eine Wäschepresse mitgeben" könne, fantasierte sich aber auch deren zukünftiges Haus in Kroatien, das ihre Tochter als zukünftige Schwiegertochter in wenigen Monaten schon beziehen sollte, als „sicherlich mit den besten Möbeln und bedeutsamen Kunstwerken wie auch dem Hausrat der guten Hausfrauen bestens ausgestattet!" Nachdem Rachels in Paris ebenfalls als Bankier tätiger Bruder von der guten Nachricht der Verheiratung der Schwester erfuhr, schickte er auch drei Paar entzückende, sehr zierliche, mit großen Schleifen besetzte und mit Blümchen verzierte Satinschuhe in Rosa, Blau und Lindgrün, mit hohen Absätzen, da er die am Papier aufgezeichneten Fußmaße von Maman und Schwester günstigerweise zu diesem Zwecke mitgenommen hatte. Galt doch Paris als die Hauptstadt Europas für die Eleganz der Damenwelt an sich. Auch kam im gleichen Paket ein wunderschöner eleganter Pariser Morgenrock, mit einer gefütterten, ansprechenden Hüftpartie,

mit großen roten gewebten Rosen, sowie ein herziges Perlenkett-
chen aus Elfenbein nebst einem pompösen, großen dunklen Fächer
aus den Federn des afrikanischen Straußenvogels an.

„Waren wir nicht doch die letzten dreihundert Jahre, seitdem es geschriebene Nachweise über unsere Vorväter gibt, eine in den alten
Traditionen und Zusammenhängen lebende Familie, die sich wenig
dem Zeitgenössischen verschrieben hatte und immer an die alten,
würdigen Zusammenhänge der Bibel geglaubt hat, so werden wir
mit unserem heutigen erfahrenen Weltverständnis das Moderne der
Zeit leben, weniger das Antike. Unsere Rachel soll ihre eigenen,
entdeckerischen Erfahrungen machen. Sie hat einen guten Sprach-
gebrauch!", so kommentierte Rachels Vater die Ereignisse dieses
langen Winters in Frankfurt.

# Kapitel VIII – Die Kutschfahrt

An einem frühen Morgen im späten März wurde Rachel mit ihrer Brautausstattung von den Eltern und Mägden zum vorgegebenen Treffpunkt für das Besteigen der aus Mainz erwarteten Kutsche gebracht. Leichter Nebel und kalter Morgenhauch ließen die kleine Gruppe erzittern, die sich, wie von dem Fuhrunternehmer vorgegeben, vor dem Gotteshaus der Sankt-Leonhards-Kirche versammelt hatte. Günstigerweise war der Weg vom Elternhaus Rachels am Mainufer gar nicht weit dorthin, so dass die Mägde die Reisekisten mit einem Holzwagen befördern konnten und keine Kutsche vonnöten wurde. Rachels Vater war schweigsam, und eine große Laterne mitführend blickte er kaum auf. Er war gebeugt und schien bedacht, seine Ängstlichkeit angesichts der Wochen dauernden Reise in den Süden Europas vor seiner reiseunerfahrenen Tochter zu verbergen. Da Rachels Familie sehr frühzeitig aufgebrochen war, um die Kutsche nicht zu verpassen, die nicht warten würde, da die nächste Fahrt erst in einer Woche möglich wäre, stand eine längere Wartezeit bevor, während derer die Mutter Rachels herzerweichend reichlich bittere Tränen des Abschiedes vergoss. Die Mägde lachten und rissen kleine Zotten wegen der Verheiratung und der Hochzeitsnacht, die Rachel noch bevorstand. „Dies werde ich aber auf keinen Fall machen wollen!", rief Rachel trotzig auf. „Aber, liebes Kind, du musst dich deinem Manne hingeben, dann als Ehefrau, davon kommen ja die Kinder!", erwiderte der Verzweiflung nahe die Mutter; dabei blieb sie in einiger Sorge, wie ihre Tochter, noch dazu ohne ihre Nähe, diesen Teil der ehelichen Verpflichtung erfüllen sollte. Nach zwei Stunden war es so weit, die große Kutsche, von vier dunklen Pferden gezogen, bog um den Kirchenvorplatz und vom Kutschbock grüßte ein stattlich gewachsener Kutscher die Familie.
Fröhlich und mit starker Manneskraft, unter Zuhilfenahme des Jungen, der auch vom Kutschbock, die langen Lederzügel aus der Hand legend, gesprungen war, belud der Kutscher den hinteren Aufsatz

der großen Überlandkutsche mit Rachels Kisten und verteilte das Gepäck der übrigen Reisenden auf dem Kutschendach; alles dieses unter einer geschickten und geübten Verschnürung. Die kurze und knappe Konversation mit Rachels Vater ergab, dass die Strecke, wie vorgesehen, „erstmal bis Nürnberg, unter einigem Pferdewechsel, wobei auch jeweils Gelegenheit zur Rast gegeben werden dürfte", befahren werden sollte. Danach müsste auf eine andere Kutsche gewechselt werden, die sein Dienstherr vorbestellt hätte. Über Salzburg, die Alpen und Graz würde das Habsburgerreich durchfahren werden. Danach sollte, ab der Grenze, Rachel ebenfalls ohne Probleme die weitere Fahrt mit einem österreichisch-slowenischen Fuhrbetreiber fortsetzen, der wörtlich „ständig und täglich den ganzen Balkan mit Kutschen bis in die entlegensten Gebiete Transsilvaniens, der Bukowina, bis nach Bosnien und Monte Negro" befahren würde. Dieses sei so feste Auskunft seines Dienstherrn. Der Kutscher ließ sich Rachels neu ausgestellte Reisepapiere, einen Abstammungsbrief der Stadt Frankfurt und den begleitenden Durchlassungsbrief des Vaters zeigen, „dass die Tochter als Braut nach Kroatien geschickt" werden sollte. Außerdem ermahnte er „das junge Fräulein", sein Geld niemandem zu zeigen, sich vor Dieben zu hüten und es nur unter Aufsicht von mehreren Zeugen hervorzutun, um die weitergehenden Fahrten zu bezahlen. Vorauskasse war ab der Grenze Österreich-Ungarns leider nicht möglich gewesen, so dass Rachel nun ein ziemlich großes Geldbündel im von der Mutter genähten Leder-Brustbeutel mit sich trug.

Der Abschied war kurz und heftig. Auch der Vater musste weinen, als Rachel, mithilfe des zur Eile mahnenden Kutschers durch die kleine, verhangene Türe hinaufgehoben, die vollkommen lichtlose Kutsche bestieg. Als die Kutsche mit Peitschenknall heftig anfuhr und rasch hinter der nächsten Häuserecke verschwand, winkten die zurückgelassenen Eltern und die beiden Mägde ihr noch lange nach, doch sie sah es nicht mehr!

Im Inneren der gänzlich durch zugezogene Vorhänge verdunkelten

Kutsche fand Rachel anfangs nur schwer gebührenden Halt und
versah sich schnellstmöglich, einen leeren Platz, mehr durch schnelles, geschicktes Erfühlen als durch gute Sicht, entgegen der Fahrt-
richtung, was bei fahrender Kutsche einiges Geschick und Gleich-
gewicht erforderte, einzunehmen. Sie setzte sich auf die durch sie
mit Abtasten als durch mit Samt erkannte, hart gepolsterte Bank,
indem sie sich mit beiden Händen links und rechts abstützen musste, ihren großen schweren Gobelin-Pompadour-Beutel am linken
Handgelenk baumelnd, mitführend. Die ebenfalls rund gepolsterte
Lehne und die alsbald beginnende Decke ließen kaum Platz für ihren kecken, kleinen Dreispitzhut mit seitlicher Fasanenfeder, da die
Kutsche mit ihren großen Rädern über das holperige alte Pflaster
Frankfurts raste; unter erheblichem Peitschenknall und Antreiben
der Pferde durch lautes Zurufen von Befehlen durch den Kutscher!
Während sie beim raschen Einsteigen nur vernehmen konnte, dass
diese Bank gänzlich noch leer war, konnte sie allmählich auf der gegenüberliegenden Seite schemenhaft zwei ältere Mitreisende, eine
elegante Dame und einen sehr ernst dreinblickenden Herrn, mü-
hevoll erkennen. Rachel beeilte sich sodann, die Herrschaften zu
begrüßen. Sie lächelte freundlich und sagte: „Einen schönen guten
Tag, meine Dame und mein Herr! Ich bin Rachel, die Tochter des
Bankiers von R." Dabei sah sie, da ihre Augen sich an die Dunkelheit gewöhnten, dass die ältere, wohlgekleidete Dame unter ihren
Röcken und diversen Schößen ihren weißen Unterrock in Streifen
gerissen hatte und sich aufmachte, nochmals einen solchen Streifen
dem in eine lutherische Priestersoutane gekleideten Mann in die
Nasenlöcher zu stecken. Auf dem Streifen, den sie eilig entfernte,
hatte sich bereits viel Blut vollgesogen. „Liebes Fräulein, wir haben
hier einen kranken Herrn! Ich bin Donna Violetta, Theaterschau-
spielerin auf großer Tournee, dieser Herr wird noch unsere Hilfe
brauchen, verhalten Sie sich lieber ruhig!" Durch das unheimliche
Vorkommnis und das noch immer bedrohlich rasch in die weichen
Leinenstreifen nachsickernde Blut des Pfarrers beunruhigt, ent-
schloss Rachel, sich tiefer in die Lehne sinken zu lassen, während

sie trotz Herzklopfens und Angst vor der unbekannten Reise leise einschlief.

Kühle Morgenluft streifte über Rachels Gesicht, als sie aufwachte. Die Überlandkutsche hatte anscheinend gehalten, als sie noch geschlafen hatte! Die Türe stand weit offen und die Vorhänge waren beidseitig weggezogen worden. Helles Morgenlicht erreichte ihr Gemüt und ließ sie sich aus ihrer schiefen Schlaflage aufrichten und Fassung finden. Da die beiden Mitreisenden offenbar ausgestiegen waren, tat sie dasselbe und begab sich nach draußen ins Freie. „Meine Liebe, Sie haben aber lange und fest geschlafen. Wir wollten Sie auch nicht wecken, als wir in Aschaffenburg einen Pferdewechsel hatten. Kommen Sie mit, wir werden eine warme Suppe beim Wirt bekommen können!", sprach die ältere Dame und nahm Rachel in ein altes Wirtshaus in einer Mühle mit, während der Kutscher mit seinem Gehilfen die Pferde tränkte. Die Pferde waren nun ganz andere, helle und auch bunte, als die dunklen starken Rappen, mit denen sie die Reise begonnen hatte, das fiel Rachel auf. Sie sah, dass der Herr Pfarrer bereits am Tisch Platz genommen hatte und sich ein Bier im großen Humpen offensichtlich gut schmecken ließ. Aus seiner Nase floss kein Blut mehr, die Unterrockstreifen der Dame waren entfernt worden!
„Darf ich den beiden Damen wärmstens anempfehlen, sich auch ein Bier zu kaufen? Es richtet den Magen und den ganzen Menschen auf. Ich hatte mich sehr übereilt auf diese Reise aufmachen müssen, nachdem mich die Todesnachricht meines Studienkollegen und entfernten Verwandten, eines ebenfalls evangelisch-lutherischen Pfarrers aus Augsburg, bei mir zu Hause in Gelnhausen aus heiterem Himmel erreichte! Der Herr lutheranische Bischof bat mich darin, mich möglichst umgehend um die verwaiste Pfarre zu kümmern, da ich auch seit einigen Jahren sehr zurückgezogen aus meinem Amt, quasi pensioniert, keine eigene Pfarre betreibe. Das Nasenbluten kam wohl von der Aufregung! Sie, liebe, verehrte Dame, haben mir in besonders großzügiger Weise Hilfe geleistet in großer Not! Es tut

mir leid, dass Ihre schönen Spitzenunterröcke dabei leiden mussten. Darf ich die beiden Damen zum Mittagessen einladen?", sprach der Herr Pfarrer, offensichtlich genesen. Es entspann sich bald eine sehr angenehme Rast, wobei Rachel ihren Durst und Hunger, wie sie merkte, bei bestem Appetit stillen konnte und der Schreck der ersten Zeit verflog und einer allgemeinen klaren Heiterkeit und gegenseitigen Wohlgesonnenheit wich.

Nachdem die Kutsche wieder bestiegen war und ein frischer Wind mit mildem Frühjahrsregen abwechselnd gegen die Scheiben wehte, breitete „Donna Violetta", wie sich die welterfahrene Dame nannte, eine schwere, dunkelrote Brokatdecke auch über die Knie ihrer Mitreisenden aus und fing zu erzählen an: „Gott sei Dank ist bereits heute der erste April des Jahres 1807! Hoffentlich wird das Jahr friedvoller als die letzten, ein paar. Nun ja, Napoleon, der Kaiser der Franzosen, bestimmt doch allzu sehr die Geschehnisse in unserem Europa. Seine Soldaten rasen, wie früher die gefürchteten Hunnen und Avaren, über unsere Länder. Es tut ihn auch kein Ruf eines gebildeten Edelmannes mehr umgeben, seit den vielen Schlachten ist er nur noch trauerumflort, in meinen Augen!", seufzte Donna Violetta auf.

„Bei mir ist es ebenso gestellt, in meinem Herzen!", sprach Rachel. „Napoleon hat den Ball, den ich mit meinem Verlobten in Frankfurt besuchen wollte, kaputt gemacht. Nach der Schlacht von Jena und Auerstedt vom 14. Oktober 1806, dem Schicksalstag der Preußen, weiß man noch immer nicht, was mit der schönen Königin Luise passiert ist! Hoffentlich wird Zar Alexander von Russland der Königin und dem König Friedrich Wilhelm III. beistehen und ihnen und den Kindern Zuflucht gewähren können; dies ist die große Hoffnung meines Vaters. Auch mein Verlobter macht sich in seinen Briefen große Sorgen um den Frieden. Ich sollte nach der Schneeschmelze sofort die Brautreise zu ihm und seiner Familie nach Kroatien antreten", meinte Rachel.

„Ich komme selber aus Böhmen", bemerkte Donna Violetta weiter. „Dort ist es oft noch sehr kalt im Frühjahr, und obwohl es Mittag ist, kann es schon dämmern. Letztes Jahr um diese Zeit war ich auf Theatertournee mit einer Truppe, die französische Komödien und italienische Schwänke nach der Art der Commedia dell'Arte zur Aufführung brachte. Gott, was habe ich nicht schon gefroren in meinem bewegten Leben als Schauspielerin!", rief die gepflegte, geschminkte Dame auf und ihre beiden Mitreisenden glaubten ihr diesen Ausruf des Herzens aufs Wort! „Bei uns in Böhmen, letztes Jahr auf der Tournee, da lag oft, ja viel zu sehr, dichter, feuchter Nebel über dem Land. Wir fuhren mit einigen privaten Kutschen, alles gut gepolsterten Berlinen und Landauern, die ein reicher Gönner uns zur Verfügung gestellt hatte, übrigens ein angesehener böhmischer Landesfürst, der seiner eigenen ewig kränkelnden älteren Ehefrau überdrüssig geworden war, durch die böhmischen Lande. Er betreibt eine heimliche Beziehung zu der jugendlichen Primadonna des Ensembles, die er aushält. Nun bei viel warmer Kohlsuppe und kräftigem rotem Wein aus des Fürsten Kellereien überstanden wir die Tournee, ohne ernsthaft krank zu werden", spann die Dame ihre Erinnerungen fort. „Aber viel zu wenig ist es bekannt, wie die Schwindsucht noch sehr junge Damen und Herren, oft, wie es heißt, galoppierend, geradezu hinwegrafft und voll aus dem Leben reißt. Dieser Gefahr war ich mir immer, auch jetzt in etwas gesetzterem Alter, bewusst. Ich komme gerade von einem längeren Engagement aus dem Schlosstheater in Karlsruhe, wo ich über den Winter aufgetreten bin. Ich möchte nach Slowenien reisen!", beendete Donna Violetta ihre Ausführungen, nur übertönt durch das Schnaufen der Pferde.

Wie man sich so sicheren guten Mutes zur Übernachtungsstation in Würzburg begab, lockeren Schrittes, ohne die vor den Toren der Stadt verbleibende große Kutsche, die alten Pflastersteine und Treppen nehmend, war es schon sehr spät in der Nacht geworden und es entspann sich noch eine gesellige Plauderei zum Apfelwein vor der offenen Feuerstätte des urigen Wirtshauses. Das schwere mittelalterliche Tonnengewölbe bot Schutz vor Wind und Kälte der frühen Aprilstürme und bei Donna Violetta löste sich das Herz; sie entfaltete einen Brief aus ihrer bunt gewirkten venezianischen Reisetasche, der eine schwungvolle, mit langen Bögen verzierte Handschrift zum Vorschein brachte. Sie las ihren interessiert zuhörenden Mitreisenden den Brief eines mit ihr befreundeten, älteren Herrn vor, der sich offenbar sehr um seine eigene Gesundheit sorgte, und überflog einige Passagen, die dann doch offensichtlich von tiefer Zuneigung und Liebe des aus großer Entfernung, aus einem Schloss in Slowenien schreibenden Freundes. „Die Freundschaft besteht schon seit vielen Jahren", meinte die Dame schwärmerisch, „ich werde die Beschwernisse dieser wochenlangen Reise sehr gerne in Kauf nehmen, mein Freund ist schon über siebzig Jahre alt und bedarf wohl in Zukunft meiner zärtlichen Fürsorge und Pflege!"

Dass diese seit Jahrzehnten dauernde Zuneigung nicht nur rein platonischer Art sein dürfte, war sehr bald klar geworden. „Wir werden alle älter", meinte Donna Violetta melancholisch gestimmt, „und trotz allem heiteren Gemüt, mit dem ich mich immer nach Aussagen meiner den sinnlichen Freuden wohl mehr als andere Menschen zugewandten Theaterkollegen ausgezeichnet habe, gab es für mich nie etwas Wichtigeres, als mein Herz und meine Liebe nochmals einem Manne zu geben!", spann diese herzliche Dame ihre Lebenspläne fort. So ließ man den Abend ausklingen und begab sich zur wohlverdienten Nachtruhe.

Unverhofft schönes Reisewetter erwartete am Tag darauf die muntere Reisegesellschaft! Vergessen waren sowohl das starke Nasenbluten des Herrn Pfarrers als auch das seit Wochen vor Reiseantritt bei Rachel vorherrschende „Reisefieber". Das heitere Gemüt der offenbar sehr lebenserfahrenen Donna Violetta und ihr gewinnender Charme einer einstmals sicherlich sehr schönen Frau um die „fünfzig", die Rachel so schnell in ihr Herz geschlossen hatte, lösten die Zunge des Pfarrers und er plauderte, die beiden Damen auch weiterhin gerne und mit geschliffenem Verstand während der gesamten Fahrt unterhaltend. Donna Violetta ließ es sich nicht nehmen, dem Priester ein Kompliment zu machen, das sicherlich nicht nur auf reiner Höflichkeit fußte: „Der Herr evangelische Pfarrer versteht es auf das allseits Vollkommenste, wunderbar zu erzählen. In Ihrer Gesellschaft könnte mir niemals langweilig werden!" Auch Rachel empfand die Erzählungen des Pfarrers als aufmunternd und freute sich, den Eltern in einem Brief davon zu erzählen. Sie sollte den Eltern noch am selben Abend einen Brief schicken, um ihnen die Sorgen zu zerstreuen!

Während die Landschaft links und rechts der Kutsche vorbeiflog, bei bereits beidseitig weit weggezogenen Vorhängen, öffneten sich vor Rachels Augen weite Flure, Wiesen und tiefe Wälder, die sie noch nie zuvor gesehen hatte. Sie war mit den Eltern nur bis Höchst und dann bis Mainz auf Verwandtenbesuch gewesen. Bei der nächsten Rast pflückte sie für Donna Violetta einen kleinen Strauß Bach-Anemonen und Schneeglöckchen, die diese entzückt entgegennahm und in ein angefeuchtetes Spitzentaschentuch wickelte. „Schön ist es doch in Gottes weiter Welt!", rief der Pfarrer beeindruckt aus. Die nun vielen verschiedenartigen Vogelstimmen und die gesunde, frische Luft in der im Frühling neu erwachenden Natur taten ihre Wirkung und ließen alle Sinne und die Seele der drei Reisenden neu erwachen und Freude an der Schöpfung empfinden.

Je nach Wetterlage wurden die Mittagessen an den Haltestationen der Kutsche drinnen oder bereits draußen im Wirtshausgarten eingenommen, wobei sich noch viel Anregendes und für Rachel auch gänzlich Neues in den munteren Erzählungen des Pfarrers befand. Der Herr Pfarrer liebte die Natur auch sehr und berichtete gerne von seinen Wanderungen zwischen Main und Rhein im Süden und der Lahn im Norden, ja, bis in die Wetterau im Osten und die Rheinische Hochfläche im Westen. „Wie schön ist er doch, unser Taunus!" Diese einzigartige Gebirgslandschaft schien ihn von Jugend an zu faszinieren! Der Herr Pfarrer schien sehr geschichtsbewusst zu sein und berichtete den Damen gerne über die Einzigartigkeit dieses uralten Schiefergebirges, wobei er schon gerne prahlerisch berichtete, dass er als junger Mann auf die höchsten Erhebungen, wie den Großen und Kleinen Feldberg oder den Altkönig, gestiegen war. „Aber das

Wichtigste waren mir dann doch die Spuren der Römer, die durch den Bau der Grenze, des sogenannten Römischen Limes, die Grenze des Römischen Reiches zu den Germanischen Stammesgebieten gezogen hatten!", rief der Pfarrer entzückt aus. „Zu Zeiten der römischen Besatzung Germaniens war die streng bebaute Grenze des Römischen Reiches von Regensburg bis Rheinbrol gezogen worden. Aber nicht nur die Römerzeit hat im Taunusgebirge ihre Spuren hinterlassen, auch zahlreiche Burgen und Ruinen wie die sehr sehenswerten in Eppstein, Königstein, Kronberg und Oberreifenberg konnte ich mit meinen Wanderfreunden aus der Pfarre besichtigen. Die Burg Kronberg aus dem 13. Jahrhundert der Staufer-Herren wird mir auf ewig unvergessen in der Erinnerung bleiben, denn über Kronberg führte die Reichsstraße von Frankfurt aus nach Aachen und verband damit unsere Heimat auch mit den Niederlanden. Nun ja, die beiden Damen werden noch sicherlich mit der langen Fahrt durch die Habsburgerlande viele schöne Gelegenheiten zur Überwindung auch von hohen Gebirgen und sicherlich auch Sicht auf schöne alte Burgen und Kirchen entlang der Straßen bekommen!", stellte der alte Herr den Damen in Aussicht.

Die Übernachtungsstationen in Nürnberg und danach im bayerischen Donauwörth boten für Rachels Seele nicht nur ausgiebig genügend Nachtruhe, sondern auch die Erkenntnis, dass es schon sehr gute Fügung war, dass sie auf dieser Reise zusammen mit Donna Violetta in einem Zimmer übernachten konnte, und das sogar bis Slowenien! Die Zimmer waren meistens für zwei oder sogar mehrere Reisende ausgestattet und hatten daher doppelte Bettenausstattung oder regelrechte Ehebetten. Außerdem konnte sie ohne Scham ihre Toilette, auch das Waschen und Trocknen von kleiner Wäsche, über Nacht bequem erledigen. Im schon sehr bayerischen, gemütlichen Wirtshaus in Donauwörth war die Wirtin sehr zuvorkommend gewesen und hatte reichlich für die Damen Wasser heiß gemacht, so dass Rachel ihre langen Haare waschen und in der Küche am großen Herd bequem trocknen konnte. Sie schrieb ihren

Eltern währenddessen erneut einen langen, liebevollen Brief und erzählte jugendlich-aufgeregt über die äußerst angenehme und immer niveauvolle bisherige Reisegesellschaft, die ihr allseits geistige Anregung und Unterhaltung gegeben hatte.

Wie die Reise bis Augsburg sich für den Herrn Pfarrer allmählich dem Ende zuneigte, wurde er noch wehmütig und erzählte, dass es ihm eigentlich mehr oder minder sehr gelegen war, dass er aus dem provinziellen Gelnhausen, wo er sein ganzes langes Pfarrersdasein gefristet hatte, doch noch in das sehr reiche, große, bürgerlich-stolze Augsburg in Pflicht und Aufgabe eines evangelisch-lutherischen Pfarrers in Abkehr des schon angetretenen Ruhestandes kommen sollte. Er beklagte sich über die Schwere der Geschichte in seiner Heimat, die die Menschen schon im Dreißigjährigen Krieg im 17. Jahrhundert durch immer wiederkehrende unmenschliche Überfälle der Schweden und folterndes, marodierendes Militär belastet hat. Weiterhin hob der Pfarrer zu berichten an: „Ich weiß nicht so recht, wie ich den Damen dies erzählen soll, aber bei uns im Gebiet, in besonderer Weise zwischen der Wetterau und dem Rheingau, haben sich so manche merkwürdigen Begebenheiten zugetragen. Die alten Leute spinnen so ihre Geschichten an kalten Wintertagen vor den Öfen und erschrecken die Enkel und die Mägde über allerlei Zauberei und Hexerei! Aber es ist dann auch wieder tatsächlich so, dass ich selber sehr viel Erstaunliches zu Hexen und auch über in der Gegend geführte Hexenprozesse und sogar zu wirklich stattgefundenen Hexenverbrennungen in den alten Kirchenbüchern gefunden habe", fuhr der alte Pfarrer fort.

Die beiden Damen hörten interessiert zu, für Rachel war es sogar das erste Mal, dass sie aus offensichtlich so kundigem Munde etwas über Hexen erfuhr. Der Pfarrer zündete bewegt seine lange weiße Pfeife an und wurde ganz nachdenklich, als er fortfuhr, aus seinen reichhaltigen Erinnerungen zu berichten, während draußen, in der weiten Landschaft entlang des Weges, ein heftiger Frühjahrssturm niederging: „Nach allem, was ich in den alten Kirchenbüchern unserer altehrwürdigen Gemeinde Gelnhausen gefunden hatte, und ich muss auch sagen, dass ich Gelegenheit hatte, auch die Gerichts-archive einzusehen, haben sich ähnliche schreckliche Vorkommnis-se auch in den Gemeinden Idstein und Seulberg zugetragen. Als sehr junger Pfarrer habe ich mich damit schon ganz und gar nicht abfinden können, dass unsere Menschen dazu fähig waren, Frauen jeden Alters, jeden Standes und jeder Konfessionszugehörigkeit so viel Leid, Elend, Verfolgung und auch Folter anzutun. Auch wur-den vielfach Männer verfolgt. Schon bloße, sehr oft für die einfa-che Bevölkerung des flachen Landes, die sich keinen Arzt leisten konnte, eigentlich lebenswichtige überlieferte Kräuterkenntnisse, zu Heilungszwecken für Menschen und das Vieh gedacht, waren lebensgefährlich, insbesondere in unserer Gegend, zur Zeit des Drei-ßigjährigen Krieges. Auch die katholischen geistlichen Herren be-teiligten sich in ebensolcher Weise an den Prozessen!", wehklagte der alte Pfarrer.

Rachel kannte die Hexen nur etwas aus den Schauermärchen, die ihr die Mägde als kleines Kind während der Küchenarbeit erzählten, während sie mit ihren Holzpuppen, den geliebten Holz-Docken, An- und Auskleiden in der Nähe des immer warmen Herdes spielte. Da waren sie in den ausschmückenden, mehr oder minder übertreiben-den Schilderungen der Mägde auch nur alte, alleinlebende Frauen, die irgendwo tief im Wald, gar unheimliche Hexerei treibend, nur in Gesellschaft von schwarzen Katzen und Vögeln ein gar unheimliches Leben führten. Ein tiefes Seufzen entwand sich des Pfarrers Brust, als er sich offensichtlich schmerzvoll an das Studium der alten Kir-chen- und Gerichtsarchive erinnerte: „Es gab viele Menschen, auch schon Kinder waren dabei, wie in der Gemeinde Seulberg, die sich als Verräter, als regelrechte Denunzianten hervortaten und wider besseres Wissen, vollkommen gewissenlos, bis in genaueste Einzel-heiten führend, Angaben vor den Anklägern der armen Frauen, die wohl dann daraufhin der gotteslästerlichen Hexerei beschuldigt und bis in den Tod getrieben wurden, machen konnten über verbotene Umtriebe oder gar Beischlaf mit dem Teufel! Beachtenswert ist dabei beurkundet worden, dass diese Verräter einen nicht unerheblichen

Teil des Vermögens der angeblichen Hexen bekamen. Ja, wenn diese verlockende Belohnung so gegeben wurde, dann verwundert mich diese Verräterei auch nicht! Außerdem gibt es noch andere Zeugnisse der Hexenverfolgung in meiner Heimat. Ich konnte die so benannten Hexentürme in Gelnhausen, Idstein und in Lindheim persönlich besichtigen! Es verwundert nicht, dass diese armen Frauen, noch dazu unter unsäglicher Folter, letztendlich alles zugaben, wessen sie beschuldigt wurden. Die würdigen Herren Hexenverfolger wurden oft sehr bedeutend, reich und, nach deren Ableben, mit allen Ehren bestattet; so bei uns sogar im Inneren des Kirchengebäudes der Marienkirche in Gelnhausen ein berühmter Hexenverfolger, mit sehr prächtiger Grabplatte!", empörte sich der Pfarrer.

Während die Kutsche sich bereits Augsburg näherte, war dem Pfarrer auch wehmütig ums Herz, da er sich bei den beiden Damen bald verabschieden sollte, und er suchte nach nun mehr vernunftbetonten Erklärungen für die vorher aus seinem amtlichen Erfahrungsschatz berichteten grausamsten Verfolgungen von Frauen in seiner Heimat: „Es hat mir mein junger Nachfolger im Pfarramt, ein sehr aufgeweckter Hitzkopf, der auch bald verheiratet war und mit einer lieben Kinderschar gesegnet wurde, aber dann doch ganz gute Erklärungen darüber geben können, da er die theologische Ausbildung im akademisch aufgeschlossenen Göttingen gemacht hatte. Die Erklärungen der Professoren dort wurden so gegeben, dass die Kirche wohl versucht hatte, die alten, die heidnischen Wurzeln auszurotten! Ehemalige naturgläubige Symbole der Erdmutterverehrung, wie die Mondsichel, wurden durch die Künstler und Handwerker den Madonnen unter die Füße gelegt. Früher hatte man Versammlungen zur Verehrung der Göttin Demeter in Höhlen abgehalten. Außerdem war die Bevölkerung, ohne Lesen und Schreiben zu können, großen Heimsuchungen wie der Pest ausgesetzt, die auch in Frankfurt gewütet hatte, so dass sich vielfach noch Aberglaube mit dem alten Naturglauben an die Erdmuttergottheiten vermischte, den die beiden Kirchen, die katholische und die lutherische, so nicht dulden wollten. Mein junger Kollege konnte berichten, dass die letzte bekannt gewordene Hexenverbrennung nicht mehr bei uns, sondern angeblich 1792 in Posen war! Andererseits wurden die Kirchen meistens an seit Urzeiten bekannten heidnisch-germanischen oder keltischen Kultplätzen errichtet, wo eigentlich ein dann so zu sehender natürlicher Übergang vom Heidentum zum Christentum unmittelbar vollzogen wurde. Ach, möge sich so elendiger Hass und Verfolgung nie mehr wieder in unseren Menschenleben und in der Geschichte wiederholen!", proklamierte der Pfarrer.

In Augsburg angekommen, verabschiedete die kleine Reisegruppe sich voneinander und versprach sich zu schreiben!

Die Begebenheiten der ersten Reisewoche hatten Rachel in eine gehobene, erwartungsvolle Stimmung versetzt und ihre eigentlich sehr ruhige und eher schüchterne Persönlichkeit erreichte plötzlich durch die Wendung des Schicksals zum anvisierten Erreichen des Ehestandes und durch die Begegnungen mit gebildeten und aufgeschlossenen Menschen wie dem Herrn Pfarrer und der, auch durch ihr höheres Lebensalter, sehr vorsichtigen und bereits strategisch ihr gesamtes Verhalten planenden Donna Violetta eine vorteilhafte Entwicklung.

Die neuen Mitreisenden waren ebenfalls angenehm und eigentlich einsilbig sich verhaltende jüngere Herren, die, in Geschäftssachen oder Dienstantrittssachen in Bayern unterwegs, es vorzogen, ruhig zu lesen, anstatt sich mit Damen während der Kutschfahrt zu unterhalten. Dadurch war der Aufenthalt über Nacht in der ihr riesig vorkommenden Residenzstadt München für Rachel nicht nur eine angenehme Abwechslung von der plötzlichen Redestille in der Kutsche, sondern auch herrliche Besichtigungsmöglichkeit der Prachtstraßen und der Eleganz der Damen an sich. Donna Violetta, die München gut kannte, lud sie zu einem herzhaften Abendessen mit Bier und Brezeln ein, das sich lange in die Nacht, ja, bis in frühe Morgenstunden zog und an Schlafen gar nicht Anlass zu denken gab!

Ebenso war sie sehr begeistert von der schönen Stadt Salzburg, schon im Österreichischen gelegen, mit ihren barocken, ausgeschmückten

Fassaden, „wie vom Zuckerbäcker gemacht", schrieb Rachel ihren Eltern auf einer bunten Ansichtskarte mit kleinen lila Veilchen und gelben Küken, die Glück verheißen sollte, während sie mit Donna Violetta ein herrlich, köstlich süß schmeckendes Tortenstück verspeiste. Österreich löste Begeisterung bei ihr aus und die weitere Reise über die Alpen verhieß ihr willkommene, bereits sehr lang zugewartete Abwechslung und Ausleben ihrer erst entdeckten abenteuerlich anmutenden Reiselust!

# Kapitel IX – Die Ankunft

Die nun kleinere Kalesche ächzte schwer über die noch vereiste Bergstraße, die teilweise unter größten Mühen des stark schwitzenden
Fuhrmannes und des fluchenden Kutschers von vier immer wieder
schwer durch die von Anstrengung geweiteten Nüstern schnaufenden
Wallachen gezogen wurde. Die Holzräder waren dick eisenbeschlagen
worden und die gut abgefederte Kutsche bot doch einigen Komfort,
aber die beiden Damen waren dann doch abgestiegen, da hier in der
Gegend um Gmunden, da es nach Linz gehen sollte, die Straßen seit
Verlassen der Stadt Salzburg holprig und wenig befestigt waren. Als
weitere notwendige Haltestationen hatte der Kutscher Wels, Traun
und Leonding genannt, so dass es deutlich wurde, da Rachel auch die
entsprechende Karte gesehen hatte, die der Kutscher den Damen zur
Erklärung der Wegstrecke durch ganz Österreich gezeigt hatte, dass die
Fahrt durch die Habsburgerlande schon gut drei Wochen mindestens
dauern würde. So musste sie doch unter ziemlich großen Strapazen, die
Tage andauerten, meistens neben der Kutsche einhergehen, um nicht
nur die Pferde, sondern die bedrohlich oft knarrenden Speichen zu ent-
lasten, wie es auch Donna Violetta und die übrigen Reisenden so tun
mussten. Die Kutscher fürchteten Achsen- und auch Speichenbrüche
über die Alpenpässe sowie auch hier im Alpenländischen sehr häufige,
immer wieder drohende Schlechtwettereinbrüche. Die wenig kom-
fortable Reise über die Alpen wurde mit Erreichen des so benannten
Mostviertels, hinter der Stadt Linz gelegen, erträglicher, so dass Donna
Violetta die Beschwernisse dieser Reise mit dem Winter zuvor verglich,
wo sie „in einer wochenlangen Reise über Venedig und Verona, Triest,
Bozen, Innsbruck und Wien", auf das Schloss Dux in Böhmen gereist
war, um dort als Schauspielerin arbeiten zu können. „Die Kutschen dort
schwankten wie Gondeln in Venedig!"

Wie die Tage zuvor war Donna Violetta für Rachel eine enge Vertraute, Zuhörerin und beschützende Freundin, die, zwar im Alter

ihrer geliebten Mutter sich befindend, ihr die Freundschaft und das Du angeboten hatte, was Rachels schon zärtlichen Empfindungen für diese allseits kluge und beratende Freundin nur zu gut entgegenkam. Es ging nun die Fahrt schon weit hinter Wien dem Süden zu und wie schon öfters zuvor war sonst niemand zugestiegen, so dass die beiden Freundinnen sich vertraulich unterhalten konnten. Donna Violetta zog noch einmal die schwere Brokatdecke hervor, um sie beide gegen die nochmals aufkommende Frühjahrskälte zu schützen. Dann zog sie nochmals den Brief ihres jahrelangen Freundes hervor, woraus sie dezent einige Passagen noch dem Herrn Pfarrer auch bei Beginn von Rachels Brautreise vorgelesen hatte: „Mein Freund Caesar ist eigentlich gebürtiger Venezianer, er arbeitet aber seit dreißig Jahren für einen teils französisch-, teils italienisch-slowenisch-stämmigen Abkömmling einer sehr reichen Adelsdynastie aus Triest, die sich, seit etwa zweihundert Jahren in Gold- und Juwelen-Geschäften erfolgreich tätig, im slowenischen Maribor niedergelassen hat. Er arbeitete zunächst als Hauslehrer für die Kinder und später dann, nach deren Verheiratung, als Bibliothekar, der auch eine Sammlung von lukullischen Anleitungen zu Speisenzubereitung und Speisenfolge bei höfischen Festen seines Grafen aufgeschrieben hat. Nun arbeitet er noch, nach seinem hier letzten Brief an mich, an einer Biografie seines Herrn, der auch schon siebenundsiebzig Jahre ist. Er schreibt mir, dass ich mich in Maribor nicht verirren kann, sondern mich sofort zum Stadtpalais der Grafen von V. begeben soll, das auf dem Hauptplatz sich befindet. Er wolle mich sofort heiraten und alle wären darüber durch ihn instruiert worden. Wenn er nicht dort wäre, dann in Ptuj, auf dem Jagdschloss, er käme gleich, da der Knecht ihn benachrichtigen würde! Ich werde dies tun, ich möchte ihn endlich auch!"

Die nächsten zehn Tage gingen vorbei wie im Flug, teilweise wegen der immer sehr interessanten, verschiedenen, in der Gegend, wo es so viele barocke Kirchen und Klöster gab, Herren Handwerker und Künstler, die auffallend munterer Natur waren und die nacheinander längs der Strecke zugestiegen waren und sehr redselig über ihre Aufträge und Bauten zu erzählen wussten; die österreichische Sprache und das nette Benehmen gefielen Rachel.

Auch sprachen sie sehr bewundernd über die Damen Nonnen, die sie zu Reparaturarbeiten an den alten Kirchendächern, den abblätternden Fresken, zum Ausbau von Schülerinnen-Schlafsälen oder einfach nur zu Schreinerarbeiten an Gebälk oder Holztruhen eingeladen hatten … Wie in ihrem Leben zuvor erfuhr Rachel immer wieder gerne über Berufe und künstlerische Unterfangen, wobei sie von den Eltern gelernt hatte, dass beherzte Weisheit und nach guten Endresultaten suchender, strebsamer Fleiß unbedingt zusammengehören. Sie schätzte aber auch Menschen, wie die hier kennen gelernten Herren Österreicher, die sehr unbefangen und höflich es mit anderen Menschen versuchten und Interessantes zu berichten hatten. Andererseits stellte sie auch Fragen an die mitreisenden Herren zu deren Berufen gehörend, etwa, wie lange und wo sie in solcher Ausbildung gewesen seien. Sie wurde selber auch, wie sie es empfand, regelrecht „ausgefragt", wie sie es doch gemacht hätte, „als jüdisches, edel erzogenes Fräulein, so weit weg vom Deutschen Reich und ihrer hier schon so fernen Heimatstadt Frankfurt, nach Kroatien verheiratet zu werden." Auch wussten die Herren unheimlich viel Spaß zu treiben und erzählten den beiden Damen ganz und gar zotenhafte Späße, die auch schon schlüpfriger Art waren, aber da sich Donna Violetta köstlich zu amüsieren schien und auch auf zweideutige Anspielungen der Herren immer herzhaft lachte und sich nicht etwa als Dame beleidigt fühlte, ahmte Rachel ihr Benehmen gerne nach und lachte viel!

Ungewöhnlich köstlich schmeckten ihr die guten Suppen entlang des Weges. Suppen waren schon immer ihr liebstes Essen gewesen, auch im Hause ihrer Eltern.

Aber sie dachte, wie gerne sie es doch gehabt hätte, wenn die lieben Eltern auch jetzt bei ihr wären und auch diese Gerichte probieren könnten! Zwischen den schmucken Städtchen Bruck an der Mur, dem prächtigen Graz und Leoben war sie mit Donna Violetta „in den besten Wirtshöfen speisen", wie sie ihren lieben Eltern aus dem kurz vor der Grenze zu Slowenien liegenden und durch sehr viele Kutschen und verschiedene, auch riesige Fuhrwerke mit viel Fracht und Vieh befahrenen und durch auch schon slawische Völker bewanderten und auch mit verschiedenen Völkerschaften bewohnten Leibnitz schrieb; die slawischen Bäuerinnen trugen weite, teilweise gewebte, teilweise aus bunten Brokaten gewirkte, sehr bunte und sehr kurze Röcke, die in mehreren Lagen übereinander angezogen worden waren, während ihre Beine in kunstvoll gestrickten Strümpfen gut sichtbar waren. Sie boten auf dem Markt Waren an und sprachen untereinander in einer Sprache, die Rachel so noch nie gehört hatte und die ihr sehr fremd vorkam. Ihre Freundin Donna Violetta sagte, das wären schon slowenische und auch kroatische Markthändlerinnen.

„Diese köstlich gekochten Suppen mit Knödeln, Einlagen und Eingemachtem hättet ihr mit mir essen sollen, am besten schmeckte mir die Frittatensuppe, wo die Einlage aus Pfannenkuchen bestand, die in Streifen geschnitten sind!", schrieb Rachel in einer ihr eigenen, liebevollen und den Eltern auf immer und ewig dankbaren Weise. Sie war eine den Eltern äußerst zugetane Tochter, die das Gottesgebot des Dekaloges aus dem alten Testament der Heiligen Bibel: „Du sollst Vater und Mutter ehren!" für immer befolgte und den Eltern, auch früher, wo ihr vielleicht nicht alles, was die Mutter in ihrer besorgten Strenge von ihr verlangt hatte, unumschränkten Gehorsam zollte. „Ein mitfahrender Herr Stuckhandwerker hatte mir schon in Graz von Varaždin erzählt, da er dort war. Es muss unvorstellbar schön und auch schon sehr groß sein!", beendete Rachel ihren vorerst letzten Brief von der Brautreise, überwältigt und froh. Über den Grenzposten der slowenischen Teillande der Kronmonarchie Österreich-Ungarns wechselte Donna Violetta mit einer großen Theatralik, mit ausschweifenden Gesten und überschwänglichen Darstellungen vor den Grenzposten haltenden stämmigmännlichen, uniformierten Soldaten; über ihr Reiseziel Maribor und auch über „ihr bisheriges Leben als klassische Solistin eines hoch angesehenen Theater-Ensembles!" erzählte sie dann doch etwas zu viel. Rachel staunte, wie ihre neu gewonnene Freundin sich in Erwartung der in einigen Tagen bevorstehenden Ankunft in Maribor fröhlich und auch kokett gegenüber den lange, geflochtene Frisuren und lang – wie gedrechselt – kunstvoll herunterhängende spitze Bärte stolz tragenden, wollweiß mit roten und braunen sowie durchgehend an den Uniformrändern dunkelblauen Paspulen richtig fesch ausgestatteten jungen Posten benahm! Die jungen Burschen kontrollierten zwar länger als die Grenzsoldaten zwischen dem heimatlichen Hessen-Nassauischen, Bayern, dem Salzburgerland und den weiten Teilgebieten der Habsburgerlande zuvor, deren Grenzhäuschen und oft bunt bemalte Schlagbäume die Kutschen meist sehr reibungslos passiert hatten, oft ohne großes Aufhebens und recht wortkarg, die Kutschen schnell durchwinkend, mit einem „Gott zum Gruß!" an den Kutscher gerichtet. Aber in der nächsten Kutsche fuhr auch kein weiterer Passagier mit, so dass sie sie auf ihre ungezwungene, aber dann doch vor fremdländischen Soldaten offen gezeigte Fröhlichkeit ansprach: „Du warst aber fröhlich mit den jungen Soldaten am Sprechen. Und die blinzelten sich immer was mit den Augen zu, hast wohl Flausen im Kopf gehabt?", da Donna Violetta bis dahin auch in ihrem Umgang mit ihr und mit anderen Herrschaften keinerlei Theatralik an den Tag gelegt hatte. Ihr Benehmen war eigentlich tadellos vornehm und ihrem damenhaften Alter angemessen, gemäß der Tatsache, dass auch sie sich auf Brautreise befand! So näherte die Kutsche sich bald einer Haltestation in den Bergen.

„Ja, gut, dass sonst keiner da ist, aber ich war so froh, dass ich, wie ich hoffe, in meiner neuen zukünftigen Heimat Slowenien angekommen bin, dass ich etwas mehr als vielleicht nur angemessen mit den jungen Soldaten geschäkert habe. Aber das ist alles nur sehr harmlos, rein zwischen uns gut gelaunten Menschen passierend; das sind doch auch nur junge Menschen, die das Leben lieben! Die sahen aber auch so aus, als ob sie die Frauen sehr liebten, und waren auch sehr freundlich und auch neugierig zu uns; was wird da nicht alles los sein, wenn sie dann freihaben! Auf meinen zahlreichen Tourneen durch Europa habe ich dann doch festgestellt, dass die Männer im Süden vielfach mehr gerne mit den Frauen flirten als unsere bei uns so beheimateten Herren", meinte dazu Donna Violetta in einer Männer verstehenden Art und Weise, die auch Rachel sehr interessierte, da sie gerade dazu, in Bezug zum Liebäugeln und in französischer Sprache ausgedrückt „Flirten", wie ihre Freundin es meinte, genauere Kenntnisse eigentlich nicht hatte.

„Wie ist es denn so eigentlich mit Männern und Frauen?", fragte sie neugierig und auch schon viel freier im Benehmen geworden, ihre lebenserfahrene Freundin, während draußen noch hohe Berge mit schneebedeckten eisigen Wipfeln bei strahlend blauem Himmel und frischester Luft, die Rachel jemals verspürt hatte, die Landschaft der schnell fahrenden kleinen, schwarzen Kutsche säumten.

„Es kommt dann doch schon meistens im Leben so hin, dass die Männer, die man trifft und kennen lernt, ja, eigentlich sie alle, vom Jüngling bis zum Tattergreis, das Eine, also die möglichst vollkommene und auch oft sehr oberflächliche und ungezügelte Hingabe von uns Frauen wollen, eigentlich ganz und gar, auf die schnelle Art. Davor wirst du auch sicher gewarnt worden sein durch deine liebe Mutter, du liebes Kind!", sagte Violetta.

Kaum, dass die Kutsche vor der alten, aus wetterergrautem Holz schon vor offensichtlich uralten Zeiten hier windschief am rauschenden Bache so errichteten, grob gezimmerten niedrigen Mühle, mit riesigem, Speichen und Schaufeln transportierendem, sich beständig mit klapperndem Ton drehendem Mühlenrad, mit einigem Ruck unter Anziehung der Eisenbremsen und Aufbäumen der Pferde hielt, erschien eine freundliche, rundliche Dame vor den beiden Freundinnen. Während der Kutscher die Pferde wechselte, bekamen Donna Violetta und Rachel aus der Mühlenwirtin Hand nicht nur aromatischen, fruchtig schmeckenden, hausgebrannten Schnaps angeboten, sondern auch liebenswürdige und rege Unterhaltung in holprig-gebrochenen, herzlich dargebotenen österreichisch-deutschen Begrüßungsformeln!

Die lange Fahrt über Höhen und Tiefen der durchfurchten schmalen Bergstraßen und der Blick auf oft beängstigend tiefe Bergschluchten, in deren Abgrund am Fuße das äußerst klare, reine Wasser, schnell fließend als Gebirgsbach, dann oft schon donnernd, bei größerem Gefälle mit hoher Geschwindigkeit ganz und gar und eigentlich immerzu gut bis sogar sehr hörbar und männlich-grollend an die zarten Frauenohren manchmal vehement gelangend rauschte, machte jedes Einfahren in eine der vielen Kurven die beiden Frauen sehr bange, so dass sie staunten und manchmal ängstlich aufschrien, sich an die Brust erschüttert fassend. Doch der Kutscher hatte geübt-geschwind alle Hindernisse der Julischen Alpen genommen, als ob er es den Wildböcken nachmachen wollte, die über den Wegen rasch fortsprangen, wenn die kleine Caravelle-Kutsche sich näherte, und die Strecke in kürzester Zeit offen-forsch befahren, ohne viel Rast und etwas, sehr eben, durch eine ihm eigene Eile getrieben! Die Ermattung des Mutes und der eigenen Kräfte während der schon einen Monat andauernden Reise sowie das hier schon herrschende gute Mai-Wetter machten die Rast zur Köstlichkeit der Sinne und die beiden frischgebackenen Freundinnen hatten sich wieder viel zu erzählen.
Vorbei schien die Ängstlichkeit der vergangenen Wochen und es begann sich ein wundersames, tief empfundenes Vergnügen in der ganzen noch so jungen Seele und zarten Wesensart der Rachel von R. freudevoll zu entfalten, an allem, was Gottes weite Welt und gnadenvolle Schöpfung hier in dieser so ursprünglichen, eigentlich einsamen Landschaft der slowenischen Alpenpässe hinterlassen hatte ... Mensch und Tier, schwirrende, schwankende Faltergestalten, winzige grün-blaue Libellen, mit wie liebevoll bemalten Flügeln überall, kleine, geradezu wolkenartige, woanders was wissende Schäfchen, trutzig-behäbige, braunfleckige Kühe in einer kleinen Herde, während der trottenden Bewegung den stolperigen Gebirgs-

weg hinunter immer wieder recht laut muhend, mit ihren schwingenden, rot-schwarz lederig und grün durchbrochen bestickt um den Hals aufgehängten klirrenden Glocken-Schellen, neben ihrer jungen, schon barfüßigen Schäferin, die ein rot gepunktetes Kopftuch trug und gesenkten Hauptes an den fremden Frauen, eine große, trompetenartige Schelle schwingend, um manchmal mit überraschend bauchtiefer Stimme ihre kleine, stetig voranpreschende Tierherde zusammenzuhalten, vorüberging.

Verführerisch gut hatte der gebrannte Schnaps aus den kleinen, dickwandigen Gläsern geschmeckt. Die Wirtin hatte auch eigentlich viel zu viel und viel zu oft nachgeschenkt, die Bedenken der beiden Damen übergehend, dass dieses Getränk berauschen könnte, mit: „Nicht viel! Schnaps nett und gut, wie Limonade, trinken, trinken, für die Wangen rot, meine Dame!" Da ihre Augen dabei freundlich-verschmitzt strahlten und ihr ganzes Wesen ansprechend und verführerisch und dabei so immer körpervoll war, hatten Donna Violetta und Rachel eigentlich keine weiteren Bedenken, als die dralle Mühlenwirtin ihnen nochmals nachschenkte, mit: „Schnell trinken, schnell trinken!" Nun drehte sich die Welt um Rachel und alle Bäume wurden unheilvoll schwarz und tauchten in das Tal ab wie ins Nichts! Aus dem Brunnen rauchte purpurroter, wolkenartiger Nebel auf. Wie sie so, in dieser Landschaft eigentlich sehr unüblich, an den beiden fremden Frauen ganz und gar, niemals aufblickend, rasch und geschäftig vorüberging, zwang sie die beiden, etwas weiter nach oben im Berg vor die Mühle an die abgestellte, nun pferdelose Kutsche zu sehen, wo sie dann sehr bald den Grund des blick- und grußlosen Vorübergehens der jungen, blonden Schäferin erblickten.

Mit weit geöffneten Augen und voll des Staunens sahen die beiden Frauen, während sie langsam den Aufstieg zur Mühle zurückgingen, wie die Kutschentüre geöffnet war und fröhliches, gurrendes Wortgeschnatter in slowenischer Sprache, von der Mühlenwirtin deutlich hörbar stammend, nach außen drang. Wie sie die unbegradigte Bergstraße so erklommen, die Rocksäume mit beiden Händen deutlich hebend, um die Röcke durch die festgebackene, blanke Erde nicht zu beschmutzen und auch, um nicht beim Anstieg darauftreten zu müssen, trotz berauschtem, etwas allzu sehr schnapsseligem Zustand, gesellte sich in ihrem Gehör noch eine andere, eine bettelnde, zärtelnde, verführende, gedämpft und irgendwie sehr eigen und intim erzeugte Männerstimme dazu, die keiner wohl im üblichen Leben so zu hören bekommen sollte! Diese ließ sich dann in einiger Entfernung, nur noch paar Ellen-Längen von der Kutsche entfernt, als die Stimme des Kutschers erkennen!

Donna Violetta hielt, etwas außer Atem gekommen, sich aufrichtend inne und sagte zu Rachel: „Dies ist wohl etwas mehr als nur ein Schwips! Ich glaube, das gute Mädchen hat uns beiden von Anfang an mit Absicht zu viel zu trinken eingeschenkt, um uns betrunken zu machen. Ich wähne, die beiden hatten was vor. Lass uns doch mal schauen, was die beiden Turteltäubchen da machen, es kann nur ein Schäferstündchen sein, so wie sich das anhört!" Und sie begab sich entschlossenen Schrittes zur offen stehenden Kutsche, Rachel immer einen Schritt hinter sich. Violetta hielt erst vor dem Kutscheneingang inne und schaute hinein, so dass sich Rachel auch bewegt oder erlaubt sah, dasselbe ihr nachzutun. Die Wirtin hatte in einer schiefen Lage auf dem rückwärtigen Sitz, halb liegend, die rechte Brust beinahe gänzlich entblößt und mit rotem Kopf den über ihr halb liegenden, kräftigen, aber noch offensichtlich bekleideten Kutscher mit dem linken Arm umfangen und die beiden machten wohl so ihre eigenen Dinge aus, so dass Rachel sofort zurücktrat angesichts des persönlichen Eindrucks, der sich ihr bot. „L'amour n'attend pas, die Liebe wartet nicht!", rief ihnen quasi Violetta zu und begab sich mit Rachel zur Mühle. Sie betraten den niedrigen, dunklen Raum.

Die Mühle bot von innen eine große, runde, schwer gezimmerte eichene Tafel mit gemütlich einladender Eckbank an, wobei Rachel auf einem der vier Stühle Platz nahm, die bunt blumenbemalt und mit einem ausgeschnittenen Herz in der Rückenlehne bäuerlich gemütlich zum verweilenden Niederlassen einluden. Allzu bald beeilte sich auch die dralle Wirtin herbei und beschwor, die Bluse im obersten Knopf zuknöpfend, immer im Laufschritt, die Lederpantinen hörbar mitschlürfend: „Mittagessen kommt bald, kommt bald!", um in der schwarz verräucherten Küche im Hintergrund des Wirtsraumes offenbar verschämt und peinlich betroffen zu verschwinden. Das Mittagessen, das dann folgte, machte alles wieder wett und schien „einem König angemessen!", wie Donna Violetta zufrieden ausrief. Die Mühlenbesitzerin hatte Fische knusprig mit Butter und Kräutern in einer großen Eisenpfanne gebraten und sie den Damen auf dem Tische serviert, garniert mit den ersten Kartoffeln in Schale. Bier und süßer Pfannenkuchen, mit Zwetschgenkonfitüre gefüllt und mit reichlich Zucker bestäubt, aufwendig überbacken, versöhnten die Reisenden mit den intimen vorhergehenden Erlebnissen mit ihr. Den Kutscher bewirtete sie an einem kleinen Nebentisch dann auch, behandelte ihn aber mit absoluter Kühle. Wortlos und ernst benahm sie sich!

Als Rachel, von den Köstlichkeiten benommen, an die Wand über dem Holztisch aufblickte, sah sie ein in deutscher Sprache und in gotischer Schrift verfasstes metallenes Schild hängen, auf dem sie laut las: „Täglich frische Forellen!"

Als Kennerin der feinen Küche, „der lukullischen Genüsse", wie sie sich bezeichnete, schlief Donna Violetta die gesamte Zeit in der Kutsche, weiterhin, auch am darauffolgenden Tag, als es wieder in die Täler ging. Nach Pferdewechsel und Zustieg von einem kränklich wirkenden „Herrn Finanzbeamten" und einer Bäuerin, die mit Tracht und lebendigen, ewig laut schnatternden Gänsen im Korb, auf den Knien gehalten, auf den Markt fuhr, aber kein Deutsch sprach, ergab sich auch keine Konversation mehr, so dass Rachel auch nur tagträumte.

Am späten Nachmittag, wenige Tage darauf, fuhr die nun bestiegene groß ausgebaute Postkutsche, die größte auf dieser Reise, bequem und ohne Zwischenfälle, wie vom Kutscher angekündigt, in Richtung des slowenischen Sees von Bled. Die bis dahin mitfahrenden Herren und eine seit Tagen immer still aus ihrem Gebetbuch lesende, dem großen Schweigegelübde unterliegende Nonne, wie sie sich den Mitreisenden unter Vorzeigen eines Täfelchens mitgeteilt hatte, stiegen auch nach und nach aus, so dass die Freundinnen alleine sich, nach Überwinden einer letzten Anhöhe, in einer unendlich lieblichen Landschaft und sattgrün bewachsenen, die Talsohle umgebenden niedrigeren Gebirgszügen befanden, die alsbald bei Talfahrt der Postkutsche überraschenderweise den Blick auf einen kleinen See freigab. In der Talebene des märchenhaft verwunschen wirkenden dunklen Sees fing es auch zu regnen, ja vielmehr zu tröpfeln an, so dass ein leichter Nebel um die Parklandschaft des Seeufers sich immer dichter bildete; und indem sich lang gezogene herumziehende weißgraue Nebelschwaden manchmal lichteten, gaben sie den Blick auf eine Insel mitten im See preis!

Der Kutscher verabschiedete sich bis zum nächsten frühen Morgen und entlud noch das Gepäck der Damen im noblen Gasthaus am Seeufer, um es in den Stallungen, da, wo die Kutsche abgestellt werden sollte, vor Diebstahl und Nässe zu schützen. Die beiden Damen bezogen ein komfortables Doppelzimmer mit Bad, mit Blick zur Seeinsel. Die Eigentümer der Hotel-Herberge luden die Damen zum Abendessen um acht Uhr ein und empfahlen ihnen noch einen Spaziergang um den See zuvor, mit Gelegenheit zum Bootrudern und Rübersetzen zur Insel noch vor Einsetzen der Dunkelheit, da auch der Kutscher angemahnt hatte, sich gut auszuruhen und nobel verpflegen zu lassen, da bis Maribor dann, dem Reiseendziel Donna Violettas, keine Übernachtung mehr, sondern auch Durchfahrt während der Nacht erfolgen sollte! Wie empfohlen, beeilten sich Donna Violetta und Rachel auch, dasselbige zu tun.

Der Spaziergang am Seeufer brachte eine Überraschung, als sie notgedrungen innehielten, durch aufspringende grünbraune Kügelchen aus dem immer mehr schlammig werdenden Erdreich in der Bewegung aufgehalten, und dabei gewahr wurden, dass es sich dabei eigentlich um lebendige Wesen, nämlich winzig kleine Fröschlein handelte! Rachel schrie vor Vergnügen auf, streng bedacht, ja nicht auf ein so winziges unschuldiges Tierchen aufzutreten, und Donna Violetta meinte vollkommen überwältigt von den aus der Ufernähe immer mehr ausschwärmenden klitzekleinen Wesen, so etwas noch nie gesehen zu haben: obwohl sie schon so viel gereist war und immer gerne Waldspaziergänge, auch in unbekannten Gefilden des südlichen und mittleren Europas, unternommen hatte!

Daher bestiegen die beiden Freundinnen recht rasch ein Boot und Violetta ruderte gekonnt, Rachel mit dem Rücken zur angestrebten Seeinsel, diese sich im schaukelnden Boot recht ängstlich, wegen der für sie ungewohnten Ruderpartie, festhaltend. Sie bekam es richtig mit der Angst zu tun, wobei sie auch nicht schwimmen konnte, und rief ihrer Freundin zu: „Tust' mich nicht umkippen, ich hab doch nicht schwimmen gelernt wie meine Brüder im Main! Was würden meine Eltern sagen und mein Verlobter Emile!?" Während Rachel so kreischte und Violetta doch sicher blieb, auf eigener, einiger Vorerfahrung mit Ruderpartien in ihrer Jugend auf alten Flussarmen und böhmischen Schloss-Seen aufbauend, erreichten die beiden Frauen das ersehnte flache Inselufer. Donna Violetta ließ den Kahn auflaufen auf weichem braun-erdigem Untergrund und entsprang ihm als Erste, die Freundin sicher heraushebend. Während sie den Ruderkahn an einem eigens dafür angebrachten Holzpflock mit festem Seil anband, lichtete sich der Nebel auf dem nun als doch recht winzig erkannten Inselchen und die beiden Frauen stießen einen Seufzer der Verwunderung aus: Überraschenderweise gab es hier, mitten auf der Insel, eine kleine weiße Kirche, die sie sich sofort zu erkunden beeilten!

Unregelmäßige, längst vor Urzeiten schon verwitterte, in den Erdgrund getriebene Steinstufen führten in die weiß getünchte Kirche, die sich mit großem Knarren in den rostigen Zargen der schweren beschnitzten Holztüre sofort öffnen ließ, als Violetta die alte Eisenklinke kräftig niederdrückte und, von Rachel dicht gefolgt, den düsteren Kirchenraum neugierig erstaunend betrat. Ein kleineres Kirchenschiff, als noch von beiden Frauen von außen vermutet, öffnete sich vor ihnen, sie traten an den kleinen Altar und knieten ergriffen nieder. Kerzen brannten noch herunter, vor einem Seitenaltar, vor einer schönen geschnitzten Figur der heiligen Gottesmutter Maria, und verbreiteten süßlichen Duft nach schmelzendem Bienenwachs. Das kleine Gebäude war sicherlich von durch tiefe katholische Religiosität geprägten Menschen erbaut worden und würdevoll verneigten sich die beiden Freundinnen vor so viel ausgedrückter Volksgläubigkeit und bescheidener, gottesfürchtiger Besinnung; schwer, schon durch den Aufstieg vom Inselufer zur Vorkirche, atmend, den in der Luft hängenden Geruch von Weihrauch und Myrrhe tief einatmend. Die beiden Frauen begaben sich ehrfürchtig ergriffen nach draußen, an einem runden Taufbecken vorbei, und gingen noch rasch in die angrenzende, einsiedlerisch-mystisch und eher unheimlich wirkende kleine Totenkirche hinein. Die Krypta hatte Grabplatten mit Familienwappen und Namen von einigen adeligen Familien verborgen und war so schlecht mit Tageslicht versorgt, dass die beiden Freundinnen es vorzogen, sich nach draußen zu begeben. „Das war mir dann doch zu viel des memento mori, gedenke des Todes, wie ich gerne hiermit zugeben muss!", meinte Donna Violetta. Geschickt ruderte sie die beiden im Boot wieder zurück an das andere Ufer.

Das anschließende niveauvolle Abendmahl in der Herberge und die elegante Nachtruhe mit viel Badezimmer-Bequemlichkeit genossen die beiden sehr bewusst, eingedenk der Vorankündigung des Kutschers, am nächsten Morgen früh zur Fahrt aufbrechen zu müssen.

Die neu bestiegene schwarze Kalesche ächzte, von vier schnaufenden hellen Wallachen gezogen, über die holprigen und dann in den kleinen Städten und Dörfern, die sich entlang der Strecke immerzu zu immer mehr Siedlungen verdichteten, nun vielfach mehr befestigten Straßen; als es schon, nach Auskunft des Kutschers, auf Maribor zuging. Die Wälder Sloweniens waren dicht bewachsen und zauberhaft grün; märchenhaft kleine, liebliche Bäche und saftige Wiesen mit Vieh und zottelige, bellende, oft angekettete Hofhunde säumten die Wege. Der Kutscher döste auf dem Bock, die Zügel nur leicht haltend, von den beiden Frauen durch das offene Vorderfenster beobachtet. Violetta überkam tiefe Sehnsucht nach ihrem nicht nur rein platonischen Freund Caesario, der ihr, wie sie zugab, immer wieder seit den späten Sommertagen des Jahres 1798 geschrieben hatte, dass sie ihn doch von den trüben Gedanken und Todessorgen befreien und zu ihm reisen sollte, um als seine angetraute Ehefrau mit im Stadtpalais des Herrn von V., seines Prinzipals und Arbeitsherrn, oder in seiner kleinen Bibliothekarswohnung auf dem Jagdschloss in Ptuj zu leben. „Die Vorteile einer solchen, für mich nun doch ziemlich späten ersten Verehelichung liegen wohl auf der Hand und schieben so manche Sorgenwolken hinweg, wie, was ich dann angesichts der Tatsache machen sollte, dass ich nicht für immer und ewig durch die Lande reisen und auf der Suche nach festen Theater-Engagements leben könnte. Die Rollen, die ich hatte spielen wollen in meinem klassischen Fach, hatte ich auch alle nach und nach erreicht!", erklärte Donna Violetta die nun vollkommene Zuwendung zu dieser nicht mehr so jungen Liebe.

„Caesar und ich haben eine tiefe Verbundenheit, schon seit den ersten Jahren unserer Liebe, nach der schicksalhaften Begegnung an einem trüben Wintertag in seiner alten Heimatstadt Venedig, am Dogen-Theater. Ich war jung und auf meiner Seele lastete schon schwer das Leben, wie der Nebel in Venedig, den man dort la nebbia oder la foschia, den Dunst, nennt!", stieß Donna Violetta unter einigen Seufzern aus und vertraute sich ihrer still zuhörenden Freundin weiterhin an: „Meine liebe junge Freundin, ich war leider zuvor an einen dieser jungen, sehr schönen Theatermenschen geraten, die schon früh als Künstler reüssierten, aber verrückt bis zärtlich wollend auch von den anderen Frauen geliebt wurden. Er war mir einige Jahre zugetan und weckte Hoffnungen in mir auf Verehelichung und Familie, aber er schweifte immer mehr in seinem Lebensstil aus, hatte Spielschulden und lief verführerisch gekleidet, von vollkommener Schönheit an Leib und Gestalt, durch die Straßen und Gassen Venedigs, die Frauen immer hinter sich her in Scharen schleppend, unter Gegurre und Gezieme! Diese Jahre mit ihm lasteten schwer auf meiner Seele und die Enttäuschung wurde umso größer, als er mich nach und nach immer mehr verließ. Ich fiel in ein Nichts, in einen Abgrund aus Unheil und ungewisser, trutzig-verschlossener, böser Vorahnung gegenüber dem gesamten männlichen Geschlecht, bis ich Caesar traf, der mich mit seiner Lebensgeschichte unterhielt, es umflorte ihn die Aura des galanten Lebemannes, der mich zu nichts zwang und zu nichts, was mir nicht selber genehm gewesen wäre, jemals drängte oder zu tun und zu sein verleitete; ja vielmehr, er ließ mir und unserer Liebe viel Zeit! Er kannte die Frauen, aber auch die Art der Männer, die Verführer und Blender, er war sogar mit Casanova befreundet! Du wirst von ihm noch sicherlich nichts gehört haben als Jungfrau; Giacomo Girolamo Casanova war in seinem Lebensabend dann ebenfalls entlohnter Bibliothekar auf Schloss Dux im Böhmischen bei dem Herrn Grafen von W., aber berühmt geworden ist er als der größte Frauenverführer und Schwerenöter des 18. Jahrhunderts! Der legendäre Frauenverführer starb im Jahre 1798, bevor Caesar und ich uns in Venedig kennen lernten.

Er hatte auf Caesario Eindruck als Schriftsteller und kluger Kopf gemacht – aber mehr nicht!", beeilte sich Violetta zu betonen. „Mein Freund hatte sehr viele Lieben im Leben vor mir, er war sehr sinnenfroh und lehrte mich die Freuden der feinen italienischen Küchen zu genießen; in der Hand hielt er sehr gerne, aber mit mehr Bedacht und Verstand als die anderen Männer, einen Pokal rubinroten, fein schäumenden italienischen Weines, der ihn zu geistvollen Reden inspirierte und auch für die Lebenszähigkeit so mancher seiner schon mehr betagten Landsleute mitverantwortlich sein soll! Ich kannte ihn nach einigen Jahren besser als jeder andere Mensch, wir vertrauten einander. Ich konnte mich ihm als liebe Vertraute, Auflöserin seiner Sorgen, Herzensdame, Geliebte, ewige Geheimnisbewahrerin und kluge Beraterin in allen wichtigen Lebens- und Herzensdingen, ja, als wirkliche Freundin annähern und seine unvergängliche Liebe gewinnen. Mann und Frau sollten ihre Körperlichkeit nicht über diese von mir vorhin als sehr wichtig eingestuften, hier aufgezählten Grundfeste der Liebesbeziehung stellen. Körperliche Liebe und intime Erfüllung im Schlafzimmer gehören auch wie selbstverständlich dazu, aber was mir an meinem Freund Caesario am meisten gefallen hat, war das Gefühl, dass er mir vermitteln konnte, dass ich immer auf ihn bauen konnte, komme denn, was mag!", beschrieb Violetta ihrer Freundin Rachel ihre Liebe.

Maribor wurde erreicht und am Wochenmarkt hielt die Kutsche, bei dem wesentlichen Vorteil, dass am Marktplatz viele Gepäckträger mit Handwagen und Loren ihre Dienste anboten. Der Kutscher verhandelte mit einem Träger, der dann Donna Violettas Reisekiste und Handgepäck auf einen Handwagen lud. Sie verabschiedete sich bewegt von Rachel, die mit den Tränen kämpfte, und folgte dann dem einheimischen Träger, der sie zum Stadtpalais der Grafen von V. bringen wollte. Rachel winkte ihrer Freundin noch lange nach, bis sie um die Ecke bog, sich nochmals umdrehte und ein letztes Mal winkte. „Hoffentlich wird alles gut!", sagte Rachel halblaut und bestieg die Kutsche, die alsbald anfuhr, Richtung Varaždin!

# Kapitel X – Die Heirat

Rasend schnell war die Fahrt über die Dörfer und Marktflecken gegangen, als die kroatische Grenze ohne Kontrolle und bei geöffnetem Schlagbaum überquert werden konnte. Die aufwendig uniformierten Soldaten winkten die Postkutsche mit den Pelzmützen winkend freundlich durch, nur ein Holzschild mit „Habsburger Monarchie – kroatische Grenze" wies den Grenzübergang von Slowenien nach Kroatien aus, als sich Rachel erwartungsvoll, diese Grenzpassage lange erhoffend, aus dem Kutschfenster beugte. Sie passierte diese Grenze mit aufgeregtem Herzklopfen, voll der Vorahnung, dass sie einen gänzlich neuen, ja aufregenden Lebensabschnitt begann. Da es Nacht wurde, stand die angekündigte Nachtrast bevor, so dass die Kutsche in einen Waldweg einbog und Rachel so über Meilen und Meilen durch einen tiefen Wald fuhr, wo öfters Wild, Hirsche und Rehe, begleitet von kleinen Kitzen, rasch über die Straße huschten, als die Kutsche sich geräuschvoll näherte, begleitet durch ständiges Peitschenknallen des bemühten Kutschers; dieser hielt die Pferde offensichtlich im Zaum, in kroatischer Sprache den Tieren laut zurufend, die sich wegen des regen Wildwechsels auch nervös sträubten und einmal sogar sich wegen eines mitten am Weg stehenden riesigen Hirschen mit mächtigem Geweih gefährlich aufbäumten! Die Straße erschien bergig und abgelegen, so dass sie große Erleichterung verspürte, als endlich ein freier, gepflasterter Platz mit Gasthaus und angrenzenden Stallungen erreicht werden konnte. Als Rachel aus der Kutsche stieg, erblickte sie nebenan, auf einer Berganhöhe, ein wunderschönes weißes Schloss mit vielen Türmchen, wie aus einem Märchen. Als sie entzückt: „Oh, was ist das?" ausrief, antwortete ihr der Kutscher, der ihr Reisegepäck entlud: „Das ist Schloss Trakoscan!" Ohne lange zu überlegen, hob sie die Röcke und lief bewegt auf das Schloss zu.
Sie lief, ja flog geradezu auf die ansteigende Anfahrt zum Schloss hin und wurde immer schneller! Den Rock ihres Reisekostüms raffte sie

geschickt hoch, so dass der weiße, umbortete Unterrock zum Vor-schein kam, und die festen Reiterstiefel, die ihr Vater hatte anferti-gen lassen, machten ihr auch schnelles Laufen möglich, ohne dass sie im Knöchel umknicken konnte. Der spitze aufgeschüttete Kiesel-steinchen-Bodenbelag knirschte ordentlich unter ihren Stiefeln. Die freie Bewegung verschaffte ihr seelische Erleichterung und bereitete befreiende Freude nach den vielen, beinahe nun sechs Wochen Rei-se auf engstem Raum und noch dazu immer mit Mitreisenden! Die letzten Wochen hatten ihr junges Leben umwälzend verändert und ihre immer schon sehr feinen Sinne geschärft für alles Neue, für die zeitlose Schönheit von Mutter Natur und Gottes weite Welt, die sie bis dahin nur als Frankfurt und seine Umgebung kannte. Mit umtrie-biger jugendlicher Neugierde betrat sie den Burghof und entdeckte eine offen stehende Türe, die sie mutig ganz öffnete, und schritt in einen dunklen Eingang mit Treppe. Kühle, gediegene Pracht der Vergangenheit lag in der Luft dieses hochherrschaftlichen Treppen-hauses. Alte Ritterrüstungen mit Waffen und ausgestopfte Pferde, selbst diese voll unter glänzenden Rüstungen sich befindend, neben riesigen Gemälden von Jagdszenen der vergangenen Jahrhunderte sah sie in der gänzlich unbeleuchteten Vorhalle! Ein alter Herr, ein livrierter Diener offenbar, kam ihr entgegen und sprach sie in deut-scher Sprache an, wohl zeigend, bemerkt zu haben, dass sie Auslän-derin war: „Die Herrschaften sind nicht da, wo möchten Sie hin, junges Fräulein?", etwas vorwurfsvoll. Erst jetzt bemerkte sie, dass dieses Schloss wohl noch bewohnt war, und es wurde ihr peinlich bewusst, wie aufdringlich sie fremdes Eigentum missachtet hatte, nur aus reiner Neugierde heraus: „Entschuldigen Sie bitte vielmals, mein Herr, ich bin froh, dass Sie meine Sprache sprechen können, ich bin Rachel von R. und fahre zu meinem Bräutigam Emile von E. nach Varaždin, um zu heiraten. Ich wollte mich hier nur ein wenig umsehen, ich liebe Schlösser und Burgen so sehr. Dieses ist rein wie aus einem Märchen!", sagte sie, sich entschuldigend.
Sie machte auf der Stelle eine sofortige Kehrtwendung: „Vielen Dank und auf Wiedersehen!", rief sie noch im Hinausgehen dem verdutzt

und etwas grimmig dreinschauenden Diener zu und lief schnellstmöglich wieder auf den Hof hinaus, nach mehr Sicherheit trach-
tend; sie rannte durch die runtergelassene hölzerne Zugbrückentür
und dachte noch bei sich, dass sie sich auch nicht mehr im Schloss
umgesehen hätte, selbst wenn der Diener sie dazu, Erlaubnis ertei-
lend, aufgefordert hätte, es war sonst niemand da und das hätten
ihre Eltern niemals erlaubt. Im Durchfahrtbereich des zügigen Zug-
brückentores erkannte sie, dass viele verschiedene Familienwappen
miteinander verbunden zu einem Wappen dann in den Stein ge-
meißelt worden waren. Erst jetzt bemerkte sie, dass die Holztüre,
durch die sie zuvor hineingelaufen war in das Schloss, auch wieder
durch Hochziehen mit einem offen stehenden Zug-Kettenmecha-
nismus geschlossen werden konnte. Da es langsam Nacht wurde,
lief sie erneut den Kieselsteinweg schnell zur Raststation am Fuße
des Schlosses hastig zurück, überwand einen dicken Ast durch
Darüberspringen, der ein Hindernis auf dem Weg bildete, der zuvor noch nicht so gefährlich hinuntergefallen auf dem Weg gelegen
hatte. Tierstimmen wurden überall aus dem Wald hörbar und in der
Dunkelheit lief sie förmlich seitlich in einen jungen Hirsch, der sich
röhrend mitten auf dem Weg aufgebaut hatte und der, durch die an-
rempelnde, unverhoffte Begegnung mit Rachel aufgeschreckt, mit
leuchtenden Augen schnell das nahe Dickicht des Waldes suchte
und in großen Sprüngen davonpreschte. Rachel war an der Seite
des Tieres regelrecht zum Stehen gekommen und erschrak auf das
höchste Maß! Seine Fellhaare fanden sich an ihren angstfeuchten
Händen und sie lief, sich noch immer ängstlich umdrehend, den
kurvenreichen Weg hinunter. Hinter dem Dickicht, in dem der
Hirsch verschwunden war, erblickte sie einen kleinen See, dessen
Wasser tiefblau im aufkommenden Mondlicht mystisch schimmer-
te. Mit zersausten Haaren und sehr aufgeregt kam sie im Wirtshaus
an, dessen Stube erleuchtet war.
Ihr Gepäck, mit den zwei großen Reisekisten zuunterst, stand aufge-
türmt mitten im Raum, einige Tische an den hinteren Wänden waren besetzt mit wenigen Reisenden, die sich recht laut in kroatischer

Sprache miteinander unterhielten, und an der hell erleuchteten, ausladenden, schwarzen Theke mit weißen Glas-Butzenscheiben nahm der Kutscher genüsslich einen Humpen Rotwein an die zugespitzten Lippen und kostete. Der Wein schien ihm zu munden, zur Wirtin zugewandt, die hinter der Theke ihre Gläser polierte, stand er geradezu malerisch da, mit hohen Stiefeln, weitärmeligem weißem Hemd mit Trompetenärmeln und Samt-Gilet stützte er einen Fuß auf die niedrige Messing-Thekenumrandung; dabei zwirbelte er die langen Enden an seinem Schnauzbart, den kecken dreieckigen Hut mit Wiesenblumenschmuck an der Seite hatte er noch immer an, frech in den Nacken gelegt, als ob er auf Freiersfüßen wäre, die Reitgerte, wie im Dienste noch sozusagen, in der Hand. Rachel ging auf ihn zu und wollte ihn gerade fragen, wie es denn morgen früh weitergehen und wo sie heute Nacht übernachten sollte, als sie deutlich, hinter ihrem Rücken, eine Männerstimme vernahm, die von der linken Wand neben der Eingangstüre stammte, von dem Tisch, der durch den dunklen, an runder Metallstange aufgehängten Doppel-Eingangsvorhang auch offenbar halb verdeckt wurde. Die angenehme Männerstimme rief: „Rachel, Rachel!", mit solcher Kraft, dass sie sich unverzüglich höchst erstaunt nach links umwandte, um den Verursacher ihrer Namensnennung unmittelbar anzuschauen! Das, was sie dann sehen sollte, überstieg ihre kühnsten Erwartungen: Es war Emile, der sich hinter dem Tische von der Bank vehement erhob und mit riesigen Schritten auf sie zu bewegte und sie, die sie bei seinem unverhofften, so lieben Anblick in die Knie beinahe ging, vor Aufregung und unerwartet so einer höchst erfreulichen Überraschung durch ihren so geliebten Verlobten, mit beiden Armen mitten im Raum zu fassen kriegte. Emile hob sie über sich an und drehte sie im Kreise: „Mein Rachelche!", rief er glücklich und voll der Liebe, die Umstehenden eigentlich nicht beachtend!

Nach der stürmischen Begrüßung und Umarmung setzte sich das Liebespaar wieder zurück an den Tisch und Emile erklärte Rachel, dass er mit dem eigenen Pferde-Fiaker und mit seinem Kutscher, der sich draußen um die Pferde kümmerte, vor einigen Minuten erst angereist war, da er dem Briefe des Vaters Rachels entnehmen konnte, dass es bei einigem guten Wetter und sonstigen Regularien einer solchen Reise, eigentlich in diesen wenigen Tagen, nach seinen eigenen Erfahrungen und Berechnungen, zu ihrer Ankunft in der neuen Heimat kommen sollte. Da er es zu Hause nicht mehr aushalten konnte, wollte er hier in der Herberge bei Schloss Trakoscan auf sie warten. Es wären auch nur einige Meilen noch bis Varaždin; nur noch eine knappe Tagesfahrt mit seinem privaten Fiaker! Emile bestellte dann bei der Wirtin für sie beide sowie für den daraufhin eintretenden, den großen Hut sogleich abnehmenden Kutscher, der Rachel mit großer gestikulierender Begrüßung und Verbeugung bei aufwendigem Handkuss in kroatischer Sprache höflichst anredete, Abendessen und Getränke. Rachel beeilte sich, auf die gut beleuchtete Toilette hinter der Herberge auszutreten, konnte sich auch die Hände waschen und die zersausten Haare nochmals flechten, den Kamm und Spiegel sowie die rote Traubenlippen-Paste für die Lippen und die Wangen rot aus einem Döschen aus ihrem Pompadour zu Hilfe nehmend. Rachel besprühte ihre Haare und ihre Kleidung mit einem Parfüm-Zerstäuber, der mit süßlichem Rosenduft gefüllt war, ein Geschenk ihres zweitältesten Bruders aus London. Schnell war sie wieder erfrischt und fühlte sich hübsch und sicher, den verliebten Blicken ihres Verlobten standzuhalten. Die Wirtin hatte riesige, fetttriefende Omelett-Eierspeisen mit Zwiebelwürfeln durchsetzt serviert, mit köstlichem grünem Blattsalat und hausgemachtem Weißbrot. Emile hatte für sie alle drei kalte Kräuterlimonade bestellt, die aus großen Gläsern geradezu himmlisch duftete. Er beeilte sich ihr zu erklären, dass er sofort danach aufbrechen würde, ohne zu übernachten. Voll der sicheren Aufbruchstimmung bezahlte er alle Leistungen und gab reichlich Trinkgeld!

Emile lag offensichtlich viel am baldigen Aufbruch nach Varaždin, so dass sein Kutscher, Herr Adam, wie ihn Rachel gemäß Emiles Vorgabe beim Vornamen nennen durfte, ein ruhig wirkender Herr von etwa sechzig Jahren, nach und nach begann, das Gepäck und die mitgebrachte kleine Aussteuer Rachels vorsichtig am Fiaker zu beladen. Dabei erwies sich, dass diese hier wohl einheimische Art von Fuhrwerk viel leichter gebaut war als die anderen Kutschen, die Rachel bis dahin benutzen durfte. Nach einigem Probieren wurden die Kisten nach innen, auf die hintere Bank verladen, so dass Rachel auf der Vorderbank Platz nehmen konnte, ein wenig schräg, aber immerhin noch möglich; da es auch zu tröpfeln begann, beeilte sich Herr Adam, das zusammenfaltbare Verdeck zu verschließen, um die neue Herrin vor Nässe und Kälte zu schützen. Die beiden dunkelbraunen Pferde nannte Herr Adam „Peter und Paul", offensichtlich ruhige und behäbige Tiere, wie er sie sodann sorgsam vor den Fiaker spannte und mit Regenschutz-Überzügen abdeckte. An den Außenseiten angebrachte Kutschenlaternen wurden entzündet und Emile nahm neben Herrn Adam am Kutschbock Platz, sich mit einer Decke schützend. „Was hast du so viel mitgebracht?", fragte er Rachel, noch durch das Vorderfenster in das Innere des Fiakers sprechend, den Schlapphut tief in das Gesicht ziehend. Mit einem Peitschenknall über das gesamte bespannte Fuhrwerk fuhr Herr Adam temperamentvoll an und bog gleich in die Waldstraßenausfahrt unterhalb der Station.

Rachel hatte im Fiaker genug Platz gefunden, es sich mit dem vorgefundenen kleinen bestickten Sofakissen mit Hundemotiv auf der einen und mit Katzenmotiv auf der anderen Seite sowie der weichen Pelzdecke bequem zu machen. Sie dachte noch, die jeweils mit einem Ball spielenden Tiere hätte sicherlich die Mutter Emiles so schön gestickt! Sie legte sich längs auf die Vorderbank hin, zog ihre Stiefel und ihre Jacken aus und schlief alsbald fest und zufrieden der so unerwarteten Ereignisse mit Emile ein. Ein tiefer Schlummer ergriff sie.

Rachel wachte erst am nächsten Morgen auf, als sie Sonne auf ihrem Gesicht spürte, warm und angenehm! Sie sah, wie die kleine Kutsche abgedeckt wurde im ersten Morgenlicht. Sie richtete sich auf und fand sich in einem Dorf, geparkt vor einem dreigeschossigen Gasthaus mit dem Schild „Der Kaiser von Österreich". Emile war nicht da, Herr Adam deutete auf das Gasthaus und sagte etwas zu ihr in Kroatisch, was sie wie etwa: „Der Herr ist in das Gasthaus gegangen, gehen Sie auch hinein!", deutete. Der Kutscher deckte auch den Regenschutz der Pferde ab und verstaute diesen in der Kiste, die hinten am Wagen angebracht war, während sie sich anzog und die Haare richtete. „Peter und Paul" bekamen ihr Futter aus von dort hervorgeholten Säcken, die Herr Adam ihnen vor das Maul um den Kopf hängte. Er beeilte sich, mit einem Kübel für sie aus dem Brunnen vor dem Gasthaus Wasser zum Tränken zu holen.

Rachel überwand die tiefe, etwas bleierne Müdigkeit und ging in das Wirtshaus hinein, wo Emile schon am Tische saß. Der stämmige Wirt brachte den beiden den Kaffee, mit viel Milch versetzt, der genauso gut schmeckte wie der Kuss, den ihr Emile mitten auf den Mund gab. Der Wirt ging durch die weit geöffnete Türe hinaus, in Kroatisch rege plaudernd, um auch Herrn Adam einen dampfenden Becher Kaffee zu bringen. „Wir sind hier in Turcin, dem letzten großen Dorf vor Varaždin, es sind nur wenige Meilen, in einer guten Stunde sind wir zu Hause, dann wirst du meine Mutter und meine Schwestern kennen lernen. Mein Vater ist leider nicht da, er ist in Geschäften unterwegs. Wir haben ja eine große Tuchmanufaktur mit vielen Arbeitern."

Der Aufenthalt war erfrischend, der Wirt gab Rachel Gelegenheit, sich im Waschhaus hinter der Küche, er sagte noch, seine Frau wäre leider nicht da, sie habe ein Kind bekommen, zu waschen und umzuziehen. Sie nahm ihre Reisetasche mit und konnte sich vollständig waschen und umziehen, was sie sehr erleichterte, da ihre Monatsblutung eingesetzt hatte. Außerdem wollte sie, bei allem Unwohlsein, einen guten ersten Eindruck auf die Schwiegermutter machen. Deshalb richtete sie ihre Haare schön her und puderte ihr Gesicht.

Die letzten etwa acht Meilen vergnügliche Fahrt nach Varaždin konnten bei weiterhin offenem Verdeck des Fiakers bei strahlendem, bereits wärmstem Maiwetter in den jungen, verheißungsvollen Morgen angegangen werden. „Was ihr hier den Fiaker nennt, ist bei uns daheim der Landauer!", meinte Rachel zu Emile und genoss das angenehme herrschaftliche Gefährt ebenso wie ihre Heimführung als Braut. Dies wollte sie den lieben Eltern alles so schreiben, dachte sie bei sich und nahm sich fest einen ausführlichen Brief über Emiles ungeduldiges Entgegenkommen auf ihrer Fahrt zu ihm vor. Ihr geliebter Verlobter Emile strahlte vor Liebe und bezeugte auch quasi „Besitzerstolz" an der schönen jungen Braut, die alle Welt in dem offenen Fiaker bewundern sollte. Er wandte sich vom Kutscherbock, halb nach links gedreht, Rachel zu, die die Stiefel wiederum ausgezogen ließ und sich auf der Vorderbank bequem im Sitzen, die Beine hochgehoben, ausstreckte. Emile warf ihr immer wieder verliebte Blicke zu und versuchte sie zu unterhalten. Lustig war auch der Herr Adam, er und Emile hatten doch ein wenig schon getrunken, einige Schnäpse, wie Rachel noch gesehen hatte, vom Wirt des „Kaiser von Österreich" spendiert wegen der bevorstehenden Hochzeit, wie sie wohl verstanden hatte.

„Das Dorf Turcin, wo wir gerade gefrühstückt haben, heißt so noch von den Türkenkriegen, dies heißt *der Türke*. Viele Hunderte von Jahren dauerte die Belagerung des gesamten Balkans, Griechenlands, Makedoniens, des Monte Negro, Bosnien und Herzegowinas, wie auch hier bei uns, weiter Teile Kroatiens, auch noch Sloweniens, durch die Osmanen; ja, bis nach Wien sogar waren sie einige Male gestürmt und belagerten mit riesigen Heerlagern voll von Zelten und mit vielen Fußsoldaten, den sogenannten Janitscharen, die Hauptstadt vehement und mit Ausdauer. Die Geschichte war sehr blutig, viele Adelsdynastien wurden regelrecht ausgelöscht, gerade in Griechenland und in Serbien. Im gegenseitigen Blutvergießen gab es nur wenige siegreiche Helden der Christen, und dies bei viel Folter und Elend, wie Prinz Eugen von Savoyen oder Fürst Vlad Dracula!"

Durch einige Abbiegungen, auf denen Varaždin schon gut deutlich ausgeschildert war, viele Ochsenwagen und andere Pferdefuhrwerke überholend, fuhr der Fiaker des Herrn von E. über die Kreuzung, die von Norden her in die große Stadt Varaždin führte. Rachel staunte wegen der vielen schönen Barockgebäude und Kirchen entlang der Einfahrtsstraße. Viele Menschen befanden sich auf der Straße, die Frauen mit Einkaufskörben und geflochtenen großen Taschen unterwegs, wohl vom Markte kommend, voll von Gemüse und gerupftem Geflügel und in Grüppchen beisammenstehend, sich angeregt unterhaltend. Die Häuser hatten oft kleinere Vorderfronten bei riesigem Einfahrtstor und lagen unmittelbar aneinandergrenzend zur Straßenseite liegend.

„Oh, was für schöne kleine Häuser!", rief Rachel aus.

„Das ist aber nicht so, wie es aussieht!", rief ihr Emile zurück. „Diese Häuser gehen sehr weit nach hinten, das ganze Gebäude ist Hunderte von Metern oft weit nach hinten gelegt. Außerdem erlaubt diese alte Bauweise am Balkan einen noch sehr großen Garten und Wirtschaftsgebäude, ja selbst noch Ställe mit Tieren, Kühen und Schweinen gibt es hinten. Keilartig oder fächerartig bilden sich weiter hinten größere Flächen und wir selbst haben auch so ein großes Haus mit Kellergewölbe und einem riesigen berühmten Barockgarten!"

Er sprach mit dem Kutscher und erklärte Rachel sein Vorhaben: „Wir werden Dich jetzt um die Burg mitten in der Stadt fahren, da gehen wir alle gerne nach dem Kirchgang sonntags spazieren, als Familie, und außerdem, dieses ist für Dich als Braut sehr wichtig, an unserer Hochzeitskirche St. Florian vorbei. Meine Mutter hat schon mit dem Herrn Kaplan unsere Zeremonie verabredet. Er sagt, es macht überhaupt nichts, dass Du Jüdin bist, Du kannst noch alles für die heilige Messe lernen!"

Rachel besah sich all die angekündigten Sehenswürdigkeiten und sah auch, dass die Stadt viel größer und prächtiger erbaut war, als sie sich das jemals hätte vorstellen können! So fuhr man dann nach der Kirchenumfahrt in einen großen langen Hof, Emiles Zuhause.

Rachel wollte ihre Reisestiefel gerade anziehen, als Emile sie davon abhielt, die Fiakertüre weit aufriss und sie, als sie gerade zu den aus dem endlos lang gestreckten, gelb bemalten einstöckigen Gebäude heraustretenden drei Damen aufblickte, ehe sie sichs richtig versah, aus dem Gefährt heraushob und mit sicherem Schwung in das Haus durch einen viereckigen, hellgrün tapezierten Eingang, stolz und erhaben schreitend, geradezu in einen klassizistisch schön hergerichteten Salon trug! Er setzte sie männlich-stark und elegant erst in der Mitte des Zimmers ab und sagte zu den herbeieilenden Damen, einer älteren, interessant, aber sehr auf die alte Art aufwendig frisierten Dame und zwei noch jungen, ganz dunkelhaarigen Fräulein: „Das, liebe Maman und liebe Schwestern, ist Rachel, meine zukünftige Frau!" Er sagte diese Worte recht langsam und in Deutsch, erhaben und männlich-stolz, wohl, damit Rachel es als Deutsche verstünde und offenbar, um sie bei ihrer Ankunft als Braut vor seiner Familie zu ehren. Rachel stand nur in Strümpfen, auf ihren Zehenspitzen, jung und schön, jungfräulich, aber sehr zierlich geworden durch die Anstrengungen der letzten Wochen, und musste sich noch auf Emile stützen vor Taumel und Aufregung. Sie spürte dabei seinen schönen vitalen, schlanken Körper, und die Kleidung, die er an dem Tage ihrer Heimführung trug, würde sie später nie mehr vergessen und sich daran immer noch als sehr alte Frau in Liebe und Demut erinnern: die Reithosen aus hellem, weichem Wolltuche, die ledernen braun-schwarzen Reitstiefel, der samtene Stoff seines dunkelgrünen Jankers! Er stand da, mit langem Haar, schön im Profil, wie Apollo selbst, und freute sich an der Szene: Die Mutter und die Schwestern umarmten und küssten alle drei seine Braut und hießen sie willkommen, auf Französisch und in Kroatisch. „Habe ich leider vergessen zu erzählen, meine Damen hier sprechen kein Deutsch, aber Du musst, liebe Rachel, ganz schnell die kroatische Sprache lernen! Übrigens, meine Mutter sagte zu Dir, gelobt sei der Leib der Mutter, die Dich gebar!"

Rachel wurde von der Mutter und Emile auf ihr Zimmer im hinteren, nach oben im Gebäude weiterführenden Teil des Hauses gebracht, das sie sehr gerne bezog, um etwas ihr Äußeres zu ordnen und um ihre schon länger eingepackt stehende, mitgebrachte kleine Ausstattung auszupacken. Emile brachte eine Magd mit, das Mädchen wurde ihr als „Katica" vorgestellt und sollte ihr in Zukunft im Haushalt helfen. Das große Ehebett war schon bezogen worden, mit aufwendig bestickter Bettwäsche und riesigen Kissentürmen aus Daunenfedern und Spitzen-Paradekissen. Ihr neuer Kleiderschrank war riesig und hatte eine durchsichtige Glasfront: „Da kann man ja alles schön hineinordnen, man sieht es dann!", rief Rachel entzückt aus. Katica und Rachel nahmen sich viel Zeit für das Auspacken, lernten sich kennen und die ersten Worte Kroatisch und Deutsch voneinander. Das Hausmädchen von etwa zwanzig Jahren war lustig, aber ohne Hetze, herzlich und an der neuen Herrin sehr lieb interessiert! Rachel konnte noch ein ausgiebiges Bad nehmen, am Nachmittag einen langen Brief an ihrem Damenschreibtisch vor dem Fenster zum Hofe an die Eltern schreiben und Kaffee trinken mit den Schwestern Emiles, die viel kicherten und etwa im gleichen Alter wie sie selber waren. Das wenige Französisch, das Rachel im Hausunterricht von ihrem lieben Vater gelernt hatte, erwies sich doch als sehr hilfreich und sie verständigte sich ganz gut mit den zukünftigen Schwägerinnen, Maria und Theresia! Es stellte sich bald heraus, dass die Schwiegermutter Sophia von E. sehr häufig außer Haus weilte. Maria und Theresia sagten, die Mutter würde gerne ihre Freundinnen in der Nachbarschaft besuchen. Für das Abendessen machte sich Rachel vor dem Schreibtisch am Fenster schön, der in den langen Haushof hinausging. Er hatte auch einen Spiegel an der Seite, eine Psyche; mit eingelassenem Boden, wo sie ihre lieben Siebensachen verstaute. Sie zog das Rosen-Hauskleid mit hohen, roten Pantoffeln und Elfenbeinkette an, das kostbare Geschenk ihres Bruders. An der dort gegenüberliegenden Wand war ein Apfelbäumchen auf Palette drapiert.

Sie beendete den Brief an die Eltern: „Liebe Eltern, ich werde noch den Sonntag heiraten!", während eine Nachtigall sang in dem Apfelbäumchen vis à vis! Katica nahm den Brief an und trug ihn zur Poststation.

Zum Abendessen, das die drei Dienstmädchen über den ganzen Nachmittag zubereitet hatten, begab man sich in das Speisezimmer, wo auch Emiles Vater erschien, von der Geschäftsreise aus der

Hauptstadt Zagreb zurückgekehrt. Auch der Vater des Bräutigams begrüßte Rachel auf das Freundlichste und widmete ihr seine volle Aufmerksamkeit, in einwandfreier deutscher Sprache! Rachel hatte mithilfe des Dienstmädchens Katica in einem flachen Servierkorb ihre Geschenke an die neue Familie mitgebracht. Es hatte ihre Mutter sich noch darüber viele Gedanken gemacht, was sie denn zum Einstand mitbringen könnte, und war dann zusammen mit ihrem Ehemann aus Gründen bereits eines gewissen Lokalpatriotismus dazu übergegangen, Porzellan aus der Manufaktur in Höchst bei Frankfurt zu besorgen. Rachel entfaltete die in passende Leinensäckchen eingehüllten Objekte, die durch die Hausschneiderin genäht worden waren, um die lange Reise in der Kiste unbeschädigt zu überstehen, vor den Augen der Familie und der Hausmädchen. Für die Mutter Emiles hatte Rachels Mutter ein Schokoladenservice ausgesucht, mit orangeroten Röschen bemalt, der Herr Papa erhielt eine große Schreibgarnitur für Tinte und Feder, die beiden Schwestern bekamen jeweils eine schöne Schäferin, die Ältere, Maria, und eine schöne Müllerin, die Jüngere, Theresia, als allegorische Figurinen. Aus Rachels Hand erhielt Emile letztendlich eine alte goldene Uhr mit Kette und Schlüsselchen sowie verziert dieselbige mit vielen kleinen Anhängern, wie Duellpistolen und einem reizenden Hasen, die Rachels Vater aus einem ihm als Bankier angebotenen Nachlasse für seinen Schwiegersohn gekauft hatte! Die Familie war sehr erfreut über die Geschenke und Rachel merkte bei knusprigem Hähnchen, Rote-Raunen-Salat und gestampften Kartoffeln, wie gut nicht nur der Tischwein des Schwiegervaters allen mundete, sondern wie sehr die Geschenke den neuen Familienmitgliedern gefielen! Der Entschluss der Eltern Emiles, dass in drei Tagen schon geheiratet werden sollte, wurde ihr erläutert sowie ein liebenswürdiger Brief des Kaplans übergeben, wo einige Details zur Feier der Liturgie wie auch die wichtigen Worte zum Ehegelöbnis in Deutsch beschrieben waren.

Die Hochzeitsvorbereitungen bis Sonntagmorgen verliefen ohne Hektik und voller Harmonie: Die Schwiegermaman hatte alles un-

ter Kontrolle und befehligte wie ein General die Garde der Dienst-
boten; die Bestellungen von Wein, Bier und Schnaps überließ sie
ihrem etwas sehr gutmütigen Gatten, der zu allem, was sie ein wenig
herrisch schon anordnete, Ja und Amen sagte! Der Blumenschmuck
wurde bestellt, auch Rachels Hochzeitsstrauß, die Blümchen für
ihre Hochfrisur und der Tischschmuck sowie die Begrüßungs-
sträußchen für die Damen wie auch die Revers-Sträußchen für den
Bräutigam, seinen Vater, die eingeladenen Cousins und die Gäste,
ja vor allem die Paten Emiles, nämlich die Taufpaten und die Firm-
paten, plante die Schwiegermaman ganz alleine. Den gesamten Kir-
chenschmuck an passenden weißen Spitzendecken, großen Kerzen
und Blumengebinden bestellte sie bei den Nonnen, da die Damen
diese Ausstattungen gerne von ihrem Kloster aus anboten, gegen
entsprechendes Entgelt. Rachel konnte sich ausruhen und schön
machen! Das elegante Hochzeitskleid wurde ausgehängt und vorsichtig nachgeplättet durch die Mädchen. Ein wenig durfte sie am
Freitag mit Katica auf den Bauernmarkt einkaufen gehen und dort
gefiel es ihr endlos gut: Die kroatischen Bäuerinnen mit ihren schönen bestickten Trachten boten ihre Erzeugnisse an, in so üppiger
Weise, dass die Tische und Marktstände sich paradiesisch bunt und
schön unter den Köstlichkeiten bogen. Täglich am Nachmittag war
Besuchszeit, so dass sie den Freundinnen der Schwiegermutter und
ihren beinahe schon gesamten Familien in kürzester Zeit vorgestellt
wurde. Sie sah bald ein, dass diese Kaffeekränzchengesellschaft, die
sich eigentlich täglich über den Tag verteilt zumindest kurz sah, ein
Schwätzchen abhielt oder dann in schönen Salons und Gärten am
großen Kuchenprobieren zugange war, ihre ganze Gesellschaft auch
sein würde; aber diese vornehmen, netten Damen gefielen ihr alle!
Am Samstag beehrte der Herr Kaplan von St. Florian die Familie
und redete lange alleine mit Rachel als Braut, gerade auch als Jüdin,
ob sie aus eigenem Willen und Liebe heiraten würde.

Der Hochzeitsmorgen brachte schönsten, schon sommerlichen Son-
nenschein! Rachel machte sich schön wie noch nie zuvor, Katica half

bei der aufwendigen, mit heißem Lockeneisen ondulierten Frisur, in die sie kleine weiße Bachblüten steckte, die Herr Adam im Morgentau am Bache, mit dem Fiaker unterwegs, gepflückt hatte. Geschickt wurde draußen im Hof der lange Hochzeitstisch gedeckt, es sollten an die hundert Gäste vorzüglich den ganzen Tag bewirtet werden, mit schneeweißen hausgewirkten Tischdecken, wobei, wie bisher, Rachels Schwiegermutter die Mädchen überpeinlich genau anleitete, kleine Immergrünkränzchen zu binden, die an den bodenlangen Tischdecken seitlich, mit ebensolchen kleinen Blümchen versehen, angeheftet werden mussten. Rachel sah vorsichtig zum Fenster hinaus und sah, wie sie schon kostbar gewandet und geschmückt, mit überernster Miene und Schläfenlocken-Schaukelfrisur, wie immer sehr ambitioniert, die Kerzenleuchter und Weingläser neben dem weißen Speiseservice aufstellte. Rachel konnte nicht mehr schlafen, ein wenig überkam sie auch ein banges Gefühl wegen der Endgültigkeit und Ernsthaftigkeit der bevorstehenden Verehelichung, obwohl sie Emile über alles liebte! Eine schöne Überraschung und seelische Erleichterung war der Brief von ihrem Vater gewesen, der gestern bei der Post war und der an die ganze Familie mit höflichen Darlegungen seiner väterlichen, weisen Fürsorge für Emile und Rachel gerichtet war. Er zählte aber auch die Briefe von der Reise auf, nur der letzte war noch nicht angekommen, den sie noch aus Österreich, kurz vor der slowenischen Grenze an die Eltern geschrieben hatte. Emile, in dunklem Anzug und ebenfalls ernst, wie seine Maman, holte sie ab und es ging zu Fuß in die Kirche; die ganze Hochzeitsgesellschaft, die sich bis dahin eingefunden hatte, begab sich in einem festlichen Zug schreitend schräg gegenüber nach St. Florian, wo die Glocken lange läuteten und die Orgel, auch auf der Straße sehr hörbar, festlich kroatische Barockmusik intonierte. Die heilige Messe und anschließende Trauungszeremonie war sehr festlich und überwältigte Rachel voll von religiöser Demut!
Die taumelnde Freude der Hochzeitsgesellschaft entfaltete sich alsbald, als nach der Kirche im vorderen Garten mit Sommerküche und Grillplatz, wo Herr Adam mit Gehilfen Spanferkel und Lämmer

für das Abendessen an Spießen briet, dem Schnaps und Wein sofort reichlich zugesprochen wurde. Warme deftige Speisen der einheimischen Küche, Torten, Kuchen und Cremespeisen wurden ohne Unterbrechung serviert! Emile war, ebenso wie die anderen Herren, allzu schnell beschwipst und am späteren Abend bot eine kleine Musikkapelle, aus Nachbarn bestehend, heimelige Weisen aus dem Volke dar, wo alle Gäste mitsingen und sich bis weit nach Mitternacht auf das Beste unterhalten konnten. Emile hatte seiner Ehefrau zum Kaffee am Nachmittage ein lebendiges Geschenk gemacht, einen tollpatschigen weißen, noch sehr jungen Hund, mit dem sie sich sofort beschäftigte und sogleich im Garten überglücklich, kindisch hüpfend, vergnügte: Sie würde ihn „Golo" nennen!

Nach Mitternacht war das Ehegemach, gemeinsame erste Nacht bietend, der verschlossene Hüter ihrer ersten wirklichen persönlichen Begegnung als Mann und Frau. Keine Seele weit und breit wäre glücklicher gewesen als Emile, der nicht zögerte, aus seiner lange ersehnten Braut nunmehr sein für immer ihm angebundenes Eheweib zu machen. Er vereinte ihre Leiber, so wie ihre Seelen es schon vor längerer Zeit gemacht hatten, damals in Frankfurt!

Am frühen Morgen schlich sie sich aus seiner Umarmung, der schön und friedlich schlief, noch barfuß und im leichten Gaze-Nachtgewand weit nach hinten in den Hof, in den Haaren noch die Blumen des Vortages. In den alten Barockgarten ging der Weg, wo die erste Champignonpilz-Zucht begann, wie Emile erzählt hatte, und sie stand vor Erstaunen ehrfürchtig vor traumhaft schön angelegten Gemüse- und Blumenrabatten des Mittelalters.

Hier versank man unmittelbar, ob man wollte oder nicht, in eine andere, vergangene, aber hier doch so kostbar erhaltene alte Welt, die ihre neue Familie so wunderbar zu bewahren wusste. Die hohen, dicht gepflanzten Stockbohnen und Paradiesäpfelbüsche bildeten Hecken und man konnte sich dahinter schon verstecken oder gar verlieren wie in einem Labyrinth! Kleine, feinste Rauken und Pflanzenfortsätze, Luftwürzelchen und wuschelige Parasitenflora umwand alles Begrünte noch einmal mehr und verdeckte geheimnisvoll und märchenhaft-mystisch diese abgeschiedene, etwas verwunschene Welt der Göttin Flora, wie Rachel sofort gefühlvoll empfand. Emile wusste zu berichten, dass sein altes Rittergeschlecht, das an den Kreuzzügen teilgenommen hatte, in diesem Garten allerlei höfische Spiele und auch rare Vergnügungen zu veranstalten wusste, was die alten Maler darzustellen wussten.

In der Tiefe des Gartens, wie schon endlos weit weg, im Morgendunste des beginnenden Tages erblickte sie einen sehr alten Herrn, der sich sehr verlangsamt an den Gemüsestauden zu schaffen machte, weiß gekleidet, mit riesigem, verschleiertem Hut, einem Strohhut, der ihn wohl vor Bienen und Insekten schützen sollte, und zwei knabenhaften Gehilfen, die hinter ihm die Erde harkten. Sie wusste, sie war angekommen in der neuen Heimat, es war ihr Haus, wo sie nun stand, ihr Haus in Varaždin …